OEUVRES

COMPLETTES

DE FIELDING.

TOME XI.

AVENTURES

DE

RODERICK RANDOM;

Par FIELDING.

TOME PREMIER.

───~~~───

A PARIS,

Chez L. DUPRAT-DUVERGER, rue des
Grands-Augustins, n°. 24.

════════

1804.

PRÉFACE.

De toutes les critiques, il n'en est pas de plus utile, de plus sage, de plus capable de faire impression, que celle qu'on sait introduire ingénieusement dans une histoire. Qu'un philosophe unisse aux principes de la morale les agrémens de la narration ; qu'il ait soin de peindre avec art les différentes passions des hommes, les révolutions du cœur, et qu'il mette son héros dans des situations vraiment semblables, naturelles et frappantes, il ne peut manquer de remplir son objet: s'il ne réussit pas toujours dans son projet, il fait au moins sur les cœurs corrompus des impressions qui tournent à l'avantage de la vertu. Un lecteur s'attache malgré lui

Tome I.   A.

à l'histoire de quelqu'un, en faveur
de qui on a su l'intéresser ; il com-
pâtit aux malheurs d'un honnête
homme que la fortune persécute, et
s'indigne contre les auteurs de ses ca-
lamités ; il plaint la vertu qu'on ou-
trage, et voudroit punir le vice qui
l'opprime ; la mémoire et le cœur
se nourrissent de fictions avantageu-
ses à l'humanité. Quelquefois le lecteur se reconnoît dans les portraits
qu'on lui offre ; il rougit intérieurement de la ressemblance; mais comme
il n'a d'autre témoin de sa honte que
lui-même, l'amour-propre n'est plus
écouté : pour n'avoir point à rougir
devant les autres, il travaille à se
corriger; il apprend à régler ses passions, à prévoir et prévenir les risques auxquels elles l'exposent, en
méditant sur les malheurs qu'elles
out causé à d'autres : enfin, l'ima-

gination , agréablement occupée , se
remplit plus volontiers des principes
de la morale , qui communément est
sèche et rebutante , lorsqu'on l'offre
sans agrément. Ce n'est pas assez
pour corriger les hommes, et réfor-
mer les défauts de leurs caractères ,
d'en former une espèce de catalogue;
ils ne se persuaderont pas aisément
qu'ils soient vicieux , si par des
exemples évidens on ne leur prouve
pas qu'ils le sont en effet. Peignez
un homme avec des vices ou des vertus ; faites-en résulter le bien ou le
mal qui lui arrivent ; conduisez-le
par degrés de l'indigence à la félicité,
son bonheur ou ses infortunes donne-
ront lieu à de solides réflexions.

Les romans doivent sans doute
leur origine à la vanité, à l'ignorance
et à la superstition. Quand dans les
premiers siècles un homme s'étoit

rendu fameux par sa sagesse ou par
sa valeur, ses amis ou ses créatures
tiroient parti de sa réputation et de
son mérite , même après sa mort.
Les vertus apparemment étoient si
rares dans ces temps, que le vul-
gaire se laissoit aisément persuader ,
qu'un grand homme avoit en lui-
même quelque chose de surnaturel
et de divin. Les honnêtes gens et les
héros devinrent donc pour les sots
des objets dignes d'adoration : on
transmit de postérités en postérités
des panégyriques tissus d'impostures,
desquels d'ingénieux politiques , ou
pour mieux dire , d'habiles fourbes,
avoient été les auteurs. Tel est sans
doute le principe de la Mithologie :
on consacra par dès autels et des tem-
ples la mémoire des premiers héros
de l'univers , et le paganisme naquit
d'une collection de faits merveilleux

et romanesques ; les sciences , les beaux arts , et sur-tout la poésie , prêtèrent des agrémens à l'histoire : celle-ci fixa davantage l'attention des auditeurs ; l'harmonie lui prêta ses charmes ; on entendoit chanter avec plaisir les vers composés en faveur des gens illustres ; on s'en ornoit plus facilement la mémoire ; c'est ainsi que la tragédie et l'épopée prirent naissance. Les progrès du goût les ont perfectionnées l'une et l'autre. La poésie dans les premiers siècles étoit le seul organe de la gloire et du temps ; on ne connoissoit pas l'histoire en prose ; on l'eût même méprisée : c'est la raison pour laquelle nous n'avons des anciens aucune histoire en prose , aucun roman , dans un temps où la poésie étoit portée chez eux au degré le plus sublime ; à moins que l'on ne veuille donner ce nom à la Cyropédie de Xénophon.

L'irruption des Barbares en Europe l'ayant plongée depuis dans les ténèbres de l'ignorance la plus crasse, quelques personnes, abusant de la confiance que l'on avoit en elles, se crurent en droit à leur tour, de fabriquer nombre d'histoires fabuleuses. Les auteurs des romans, qui parurent pour lors, imitèrent leurs hyperboles et leurs exagérations extravagantes. Des écrivains sans force, sans esprit, sans style et sans génie, étouffèrent sous un amas de fictions ridicules, la mémoire des poëtes anciens ; ils étonnèrent leurs lecteurs imbécilles par des productions monstrueuses et sans vraisemblance, sans s'embarrasser de rien faire pour le cœur ou pour l'esprit ; ils employèrent le secours des dieux et des dia-

bles, des enchanteurs et des sorciers ;
ce n'étoit pas la vertu ni la conduite de leurs héros qui triomphoient
des obstacles qui s'opposoient au progrès de leur gloire ; ils les gratifioient
d'une force surnaturelle qui les rendoient invincibles , et de l'appui de
quelqu'enchanteur , ou de quelque
fée , qui opéroient toujours fort à
propos des miracles en leur faveur.
Ces absurdités avoient cependant
des partisans outrés , des admira-
teurs sans nombre , et presque tout
le monde étoit imbu d'un goût in-
sensé pour les romans de chevale-
rie , lorsque l'ingénieux Cervantes les
attaqua avec tant de succès , et par
une admirable parodie de ces mauvais ouvrages , les fit voir dans leur
vrai point de vue , en dégoûta les
gens sensés , et donna à son tour
l'idée d'une autre sorte de romans,

aussi utiles pour les mœurs , qu'amu-
sans pour l'esprit , en ce qu'il y pei-
gnit habilement les divers accidens
qui se succèdent dans le cours de
notre vie.

Cette méthode a été adoptée par
tous les auteurs de romans qui lui
ont succédé ; mais personne jusqu'à
présent ne s'en est mieux acquitté
que M. le Sage , sur-tout dans les
aventures de Gilblas de Santillane.
Avec combien d'esprit et de saga-
cité n'y peint-il pas les caprices de
la fortune et les misères de la vie ?
Je l'ai pris pour modèle ; j'ai dirigé
mon plan sur le sien , en me réservant néanmoins la liberté de ne les
pas imiter servilement dans l'exécution : mon scrupule est fondé sur
les réflexions suivantes.

Le récit des aventures de Gilblas
est fait d'un ton si gai , que , quel-

que malheureux qu'il soit, il ne laisse
pas de faire rire ; il passe, selon
moi, trop rapidement d'une situation à l'autre ; on n'a pas plus le
temps de compatir à son infortune,
que de s'intéresser à son bonheur.
Des contrastes qui se succèdent si
rapidement dans une histoire, cho-
quent la vraisemblance ; ils ont peut-
être empêché l'auteur de réussir dans
son projet ; c'est-à-dire, que le léc-
teur a si peu de temps à réfléchir sur
les aventures de Gilblas, qu'il ne
s'apperçoit pas que le but de l'historien
étoit de l'instruire, plutôt que de
l'amuser. Je me suis, quant à moi,
proposé de donner l'histoire d'un
homme distingué par un mérite commun à tous les honnêtes gens, qui
essuie tous les malheurs attachés ordinairement à l'état d'un orphelin,
qu'aucuns amis ne sont assez géné-

reux pour protéger contre l'avarice,
l'envie et la malignité des autres
hommes. Pour intéresser davantage
les honnêtes gens en sa faveur, j'ai
cru devoir lui donner une naissance
illustre ; ce qui me fera peut-être
reprocher de l'avoir engagé dans des
scènes basses et triviales ; mais, pour
peu qu'on y réfléchisse, on sentira
qu'il n'est pas naturel qu'il soit le
héros de grandes aventures, dans
l'état auquel il est réduit. D'ailleurs,
les passions des gens du commun,
qui ne sont point masquées en partie
par une politesse hypocrite, m'ont
paru plus aisées à peindre ; les caractères se montrent tels qu'ils sont
parmi eux ; ils n'ont pas l'art dangereux de déguiser la nature ; ainsi,
je crois pouvoir me dispenser d'en
dire davantage pour ma justification ;
l'exemple des plus grands écrivains
en ce genre me justifie.

Je dois en même temps avertir le lecteur, que ces aventures ne peuvent manquer de lui paroître naturelles, puisqu'elles sont véritables; mais pour éviter les personnalités, j'ai cru devoir les déguiser par des circonstances de pure imagination.

Je n'ai pas été fort scrupuleux non plus sur le choix des termes que j'ai mis dans la bouche de mes personnages; mais j'ai craint de faire tort à la nature, en voulant la corriger. Les expressions grossières de quelques-uns d'eux ne doivent pas choquer la délicatesse du lecteur, puisqu'elles peignent les mouvemens de leurs ames, bien mieux qu'un langage plus décent, mais en même temps moins expressif.

AVENTURES

AVENTURES

DE

RODERIK RANDOM.

CHAPITRE PREMIER.

Naissance de Roderik Random ; qui étoient ses parens.

JE suis né dans une province de l'Ecosse, et dans la maison de mon grand-père, qui remplissoit une charge de judicature très-distinguée. C'étoit un vieillard aussi riche qu'il étoit avare et entêté ; on le craignoit beaucoup plus qu'on ne l'aimoit, et quoiqu'on ne l'aimât pas, on le respectoit par nécessité. Dans sa jeunesse il s'étoit fait estimer dans l'état militaire, qu'il avoit quitté depuis pour celui de jurisconsulte et de

juge, dont il exerçoit les fonctions de façon
à faire trembler tous les malheureux qui
étoient soumis à sa jurisprudence. L'indigence étoit à ses yeux un motif légitime de
réprobation ; il étoit au contraire l'homme
du monde le plus doux et le plus indulgent
à l'aspect d'une bourse bien pleine de guinées: Mon père, qui étoit son dernier fils,
étant devenu amoureux d'une jeune parente
qui demeuroit chez mon intègre ayeul, en
qualité de gouvernante, l'épousa secrètement; et je suis l'unique fruit de leur union
imprudente.

Un songe avoit tellement alarmé ma mère
pendant sa grossesse, qu'elle voulut consulter en conséquence un hermite, qui vivoit
sur une montagne voisine, et qui s'étoit
acquis une grande réputation à dire la bonne
aventure. Mon père, qui n'avoit pas plus
de confiance aux devins qu'il n'est convenable à un homme sensé d'en avoir, voulut
accompagner ma mère dans son pélérinage,
et pour engager le clair-voyant solitaire à
donner au rêve de sa femme une inter-
prétation favorable, il lui fit, avant de le

consulter, un petit présent ; mais sa précaution ne lui réussit pas, ma mère fit le récit de son rêve, et lui, dit : « qu'elle avoit crû accoucher d'une balle de paume ; que le diable lui servoit de sage-femme, et qu'avec une raquette il avoit lancé cette balle dans les airs avec tant de violence, qu'elle étoit disparue à ses yeux. Qu'elle pleuroit amèrement la perte de sa progéniture, lorsqu'elle l'avoit vu retourner à elle avec la même rapidité qu'elle s'en étoit éloignée ; que la terre s'étoit émue sous elle, et tout-à-coup avoit produit à ses yeux un arbre chargé de fleurs, dont l'odeur l'avoit affectée si vivement, qu'elle s'étoit éveillée sur-le-champ ». Notre prophète, après un instant de réflexion, répondit d'un ton emphatique ; « que leur premier enfant seroit un grand voyageur ; qu'il seroit exposé à bien des traverses et des dangers ; qu'enfin il reviendroit dans son pays natal, qu'il y vivroit avec autant d'aisance que de réputation et d'honneur ». Malgré l'effronterie de l'aruspice, je doute bien fort qu'il fût persuadé que l'événement justifieroit l'horoscope dont il lui plut de me gratifier.

Quelques-uns de ces gens officieux , plus occupés ordinairement de la conduite et des affaires d'autrui que de ce qui les concerne eux - mêmes , avertirent mon grand-père des privautés qu'ils avoient remarquées entre son fils et sa gouvernante. Cette nouvelle alarmoit le vieux juge , qui , pour en prévenir les suites, prit sur-le-champ la résolution de marier mon père. Il lui en parla deux ou trois jours après ; et lui dit : « Qu'il étoit temps pour lui de s'établir, qu'il lui avoit trouvé un parti convenable , et qu'il n'imaginoit pas qu'il eût aucune raison plausible pour ne pas accepter sa proposition , même avec joie ». Mon père voyant qu'il n'étoit plus possible de lui cacher son engagement, se jeta à ses genoux , lui demanda mille pardons d'avoir osé , sans son aveu , satisfaire son inclination ; « il ajouta qu'il n'avoit manqué à ce devoir , que parce qu'il étoit persuadé qu'il auroit opposé des obstacles invincibles à son bonheur ». Il s'étendit ensuite sur le mérite , la qualité , les sentimens et les charmes de son épouse, qui réparoient sans doute la médiocrité de sa fortune, sur laquelle l'amour lui avoit fait fermer les yeux. Le vieillard, qui savoit grimacer la gravité, quelque émotion qu'il sentît, demanda froidement à mon père ce qu'il prétendoit faire pour soutenir son épouse et lui; mon père lui répondit : « Qu'il comptoit trop sur la bonté paternelle pour avoir aucune inquiétude à ce sujet, que sa femme et lui feroit l'impossible pour en être toujours jugés dignes, qu'il osoit se flatter qu'un bon père, tel que lui, partageroit également ses bontés entre tous les membres de sa famille, et qu'en conséquence il auroit toujours assez de bien pour vivre heureux et content, la situation de ses frères et sœurs étant très-avantageuse par les dots qu'il avoit eu la bonté de leur répartir lorsqu'il les avoit mariés. Vos frères et vos sœurs, répondit mon grand-père d'un ton de législateur, n'ont pas dédaigné de me consulter lorsqu'ils ont voulu se marier, et sans doute vous ne l'eussiez pas fait vous-même, si vous n'aviez pas eu par-devers vous des ressources pour

vous mettre à couvert de mon ressentiment.
Jouissez-en, monsieur ; et pour vous épargner mes reproches, qui vous ennuieroient,
vous aurez la bonté de sortir tout-à-l'heure
de ma maison, vous et votre femme, pour
n'y remettre jamais le pied ; j'aurai soin de
vous adresser à votre nouveau domicile un
mémoire de la dépense que j'ai faite pour
votre éducation : vous êtes, continua-t-il
d'un ton goguenard et plein de fiel, un jeune
homme fort aimable, très-poli, très-docile ;
il n'est pas douteux que vous réussirez.
Adieu, je suis votre valet, et vous souhaite
toute la satisfaction que vous méritez ».
Après ce tendre compliment, l'équitable
vieillard quitta brusquement mon père, qu'il
laissa dans un accablement que l'on peut
mieux imaginer que décrire : il lui fallut cependant prendre son parti sans balancer, il
savoit que les résolutions de son père étoient
plus immuables que les lois des Mèdes et
des Perses. Il se retira donc dans une ferme,
avec sa chère compagne, qui étoit inconso-
lable d'avoir causé son malheur ; ils subsis-
toient dans un réduit affreux, dans une si-

tuation déplorable et bien peu conforme à
leur condition , par, les soins d'un vieux domestique qui chérissoit mon père. Tant de
maux à-la-fois ne purent l'engager à faire
de nouvelles démarches pour fléchir un vieillard opiniâtre et dénaturé.

La grossesse de ma mère étoit cependant
fort avancée : elle prévoyoit à combien
d'incommodités et d'accidens elle seroit expo-
sée , si elle accouchoit dans un endroit
dépourvu des moindres aisances : elle prit
donc, à l'insçu de son époux , le parti de
se déguiser pour s'introduire dans la maison
de mon grand-père , se flattant que son état
et ses larmes l'attendriroient , d'autant plus
que sa faute, si c'en étoit une , étoit irré-
parable. Elle se déguisa si bien , en effet,
qu'elle ne fut reconnue d'aucun des domestiques : on l'annonça comme un femme qui
venoit porter plainte contre son mari sur cer-
tains cas secrets. Mon grand-père étoit chargé
du jugement de ces sortes de procès , et ma
mère conséquemment fut introduite. Dès
qu'elle fut en sa présence , elle se jeta à
ses pieds , et lui demanda pardon de la fa-

çon du monde la plus touchante ; elle lui fit
envisager le péril qui la menaçoit, aussi
bien que l'enfant qu'elle portoit dans son
sein , et qu'elle étoit sur le point de mettre
au jour. Mon grand-père lui répondit , avec
un faux air de compassion, « qu'il étoit bien
fâché que l'indiscrétion de son fils et la sienne
l'eussent porté à faire un vœu qui lui ôtoit
la liberté de la secourir ; que puisqu'il avoit
déjà fait à son mari la confidence de ses
résolutions à ce sujet , il la prioit de ne lui
point faire supporter désormais ses importunités chagrinantes ». Cette réception cruelle
fit tant d'impression sur ma mère , qu'elle
ressentit sur-le-champ les premières douleurs
de l'accouchement ; et sans une vieille servante , que son état pénétra de compassion,
et qui la secourut au hasard de déplaire à
mon grand-père , elle et son enfant fussent
péris sur la place , sans avoir pu émouvoir ce
barbare.

Cette pauvre femme ayant conduit ma
mère dans un galetas avec beaucoup de
peine , elle y accoucha de moi tout aussitôt. Mon père l'ayant appris, vola au secours

de sa malheureuse épouse , auprès de laquelle il trouva moyen de s'introduire secrètement : il l'accabla des marques de sa tendresse ; et partageoit ses larmes et ses caresses entr'elle et moi : l'aspect cruel de l'état où nous étions tous deux lui perçoit le cœur ; il ne lui restoit aucune ressource pour nous mettre à couvert l'un et l'autre des incommodités les plus insupportables , auxquelles nous étions exposés dans un grenier ouvert de toutes parts aux injures du temps. On ne s'imaginera pas que mon grand-père ignorât ce qui se passoit dans sa maison ; il affecta cependant d'être fort étonné , lorsqu'un de mes cousins, dont il s'étoit promis de faire son héritier , vint lui en parler en compagnie. Sa dureté lui ayant attiré quelques représentations de la part des honnêtes gens qui étoient présens , il en fut outré de dépit ; et trois jours après les couches de ma mère , il la fit mettre dehors de sa maison , en l'accablant de reproches et d'injures , et chassa la servante qui l'avoit secourue.

La triste situation de ma mère , le cha-

grin , la disette et la misère la firent tomber en langueur , et la mirent en peu de
temps au tombeau. Mon père ne put la venger de la barbarie du sien , que par des imprécations ; la douleur de cette perte lui fit
perdre la raison pendant quelque temps.
Plusieurs personnes , émues de pitié , me
portèrent à mon grand-père , qui parut enfin , ou feignît d'être attendri de l'histoire
malheureuse de son fils et de sa bru : il me
fit porter en nourrice , et consentit à recevoir mon père dans sa maison , où , quelque
temps après , son esprit rentra dans sa situation naturelle. Soit que mon grand-père fût
touché effectivement des malheurs de son
fils , ou , ce qui est plus probable , qu'il
craignît qu'ils ne fissent tort à sa réputation ,
il en marque un repentir qui paroissoit sincère ; mais une mélancolie affreuse avoit
succédé au délire de ce fils infortuné , qui
disparut quelque temps après , et dont on
ne put avoir de nouvelles , ce qui fit soupçonner pendant long-temps qu'il s'étoit fait
périr lui-même de désespoir. On verra dans

la suite de cette histoire ; comment je fus moi-même instruit des particularités de ma naissance.

CHAPITRE II.

Education de Roderik Random. Ses parens le prennent en aversion. On obsède son grand-père ; il ne peut en approcher. Il se venge des mauvais traitemens de son maître d'école. Son cousin, héritier du vieillard, le fait poursuivre par ses chiens de chasse. Roderik casse les dents du précepteur de son cousin.

QUELQUES personnes soupçonnèrent mes oncles d'avoir eu part à la disparution de mon père, et de s'être assurés par sa mort la succession des biens qui devoient lui revenir après le décès de mon grand-père.

Cette conjecture étoit fondée sur ce qu'aucun d'eux ne lui avoit prêté le moindre secours dans le temps de sa disgrace, et qu'ils avoient au contraire tout fait pour aigrir le ressentiment de son père contre lui. Cependant, des gens sensés et moins prévenus, rejetèrent cette opinion, présumant que leur fureur se seroit étendue jusques sur moi, s'ils eussent été capables d'un attentat aussi noir, puisque mon existence étoit un obstacle invincible à leurs prétentions. Je grandissois cependant; ma ressemblance avec mon père m'avoit acquis l'affection de tous nos fermiers et domestiques, qui le chérissoient encore en moi; mais quelques soins qu'ils se donnassent, ils ne pouvoient me soustraire à la mauvaise volonté de mes cousins: chaque jour j'étois la victime de leur inimitié, de leur malice, et de leur jalousie. Plus je marquois d'heureuses dispositions, plus ils en concevoient d'aversion contre moi; ils obsédoient tellement mon grand-père, que je ne le voyois plus que par hasard. Sa maison m'étoit interdite à la ville; et comme il m'avoit relégué à la campagne,

pagne, sans s'embarrasser de ce qui me con-
cernoit, je ne l'approchois que lorsqu'il venoit donner quelques ordres à ses fermiers.
« Sois bon garçon, me disoit-il, d'un ton à
me faire mourir de peur, et j'aurai soin de
toi.». Les caresses dont il m'honoroit en
me disant cela, ressembloient si fort à des
coups de poing sur les oreilles, que je m'é-
loignois soigneusement, toutes les fois qu'il
paroissoit disposé à m'en faire quelques-unes.
Quelque temps après on m'envoya à l'école,
dans un village sujet à la jurisdiction de mon
grand-père : mais comme il ne donnoit rien
pour ma pension, ni pour mon entretien,
j'étois dans un état affreux. Le maître d'école,
qui ne me souffroit chez lui *gratis*, que parce
qu'il craignoit le ressentiment de mon grand-
père, se crut dispensé de se donner beaucoup de soin pour m'instruire. Malgré sa né-
gligence, cependant, j'avois de l'émulation,
et je faisois des progrès rapides dans le latin.
Comme le maître refusoit souvent de répondre à mes questions, et de seconder mes
dispositions, je crus devoir en instruire mon
grand-père : je lui écrivis à ce sujet plusieurs

Tome I. C

lettres très - pressantes ; mais il en résulta
tout le contraire de ce que j'avois imaginé :
il fit venir le maître d'école , qu'il répri-
manda beaucoup , et à qui il reprocha avec
colère les soins qu'il s'étoit donnés pour mon
éducation : ajoutant « que je lui aurois obligation de la potence , et qu'avec les dispositions que je marquois , je ne manquerois pas
d'abuser de mon talent dans l'écriture ; qu'assurément je serois quelque jour un fripon et
un faussaire , que j'en serois puni ; mais que
mon sang retomberoit sur lui ».

Ce pédant , qui ne craignoit rien tant que
le courroux de son juge , l'assura que ma
capacité étoit le fruit de mon propre génie ,
et de mon application ; qu'il lui protestoit
qu'il n'avoit jamais contribué en rien à mon
savoir faire ; mais que , pour prévenir les
suites qui pourroient résulter de mes talens
acquis , il espéroit , avec l'aide de Dieu ,
m'empêcher d'y joindre de nouvelles connoissances , en me privant de l'usage de mes
doigts. Effectivement , ce scrupuleux pédagogue s'acquitta de ce qu'il avoit promis
avec la plus grande exactitude ; car sur le

prétexte que j'avois écrit des lettres imperti-
nentes à mon grand-père, il fit une petite
planche de cinq trous, au travers desquels
il me fit passer tous les doigts de ma main
droite, et me la lia avec une ficelle au poignet, de façon que je ne pouvois plus écrire.
Je recouvrai cependant peu après la liberté
de ma pauvre main, par un accident qui
m'arriva dans une querelle que j'eus avec un
autre écolier, comme il me railloit sur mon
état malheureux, et sur ma pénitence. Je fus
si courroucé de ses propos injurieux, que
d'un seul coup de ma menotte, je le jetai
tout étendu par terre. Je me trouvai pour
lors dans un état cruel : mes camarades d'é-
cole, qui le laissèrent par terre, baigné dans
son sang, coururent avertir le maître de ce
qui venoit d'arriver. J'en fus puni si cruellement, que quand je vivrois autant que Ma-
thusalem, je n'oublierai pas la rigueur du
supplice que j'éprouvai, non plus que l'an-
tipathie et l'horreur que j'en conçus contre le
pédant qui me le fit souffrir. Mon extérieur
indigent m'exposoit au mépris de tous ceux
qui me rencontroient ; mon amour-propre,

et les sentimens élevés que m'inspiroit une
naissance , que , par malheur pour moi ,
on ne m'avoit pas laissé ignorer , me rendoient extrêmement sensible aux affronts
qu'on me faisoit essuyer tous les jours : ce
qui me suggéra mille fâcheuses aventures, qui
m'accoutumèrent de bonne heure à l'adver-
sité : de façon que je faisois voir un courage
et une résolution fort au - dessus de mon
âge.

J'étois souvent maltraité pour des fautes
que je n'avois pas commises ; tous les tours
d'espièglerie qui se commettoient dans le
village , et dont on ignoroit l'auteur , m'é-
toient attribués ; c'étoit toujours moi qui
avois volé les fruits des jardins , tué les
chats du voisinage , ou dérobé des sucre-
ries dans les boutiques des confiseurs. Un
bredouilleur de charpentier sembla avoir acquis exprès l'aisance du langage , et l'éloquence de Démosthènes , pour persuader à
mon pédant que j'avois tiré un coup de pistolet dans sa fenêtre , quoique mon hôtesse
et toute sa famille fussent témoins et pro-
testassent que j'étois couché et endormi ,

lorsqu'on l'avoit insulté de la sorte. Je fus
un jour vigoureusement fustigé, parce qu'en
passant la rivière, le bateau dans lequel
j'étois, étoit presque coulé à fond, par l'im-
prudence du batelier. Je le fus de même une
seconde fois, pour m'être fait une bosse à
la tête contre une muraille, en fuyant une
charrette qui étoit prête à m'écraser ; et une
troisième pour avoir été mordu par le chien
d'un boulanger. En un mot, j'étois puni
d'un malheur qui m'arrivoit, comme des
fautes les plus graves que j'eusse pu com-
mettre. On me châtioit sous prétexte d'étourderie, d'accidens qui eussent pu arriver à
l'homme du monde le moins distrait, tout
comme à moi.

Cette conduite à mon égard ; loin de me
rendre plus souple, me faisoit comparer
mon sort à celui d'un esclave, et me rendoit
plus indocile. Plus j'avançois en âge, plus
ma raison se développoit, et plus je trouvois le joug auquel j'étois assujéti, barbare
et tyrannique. Comme j'avois reçu en ca-
chette les instructions d'un honnête homme,
qui s'intéressoit pour moi, parce qu'il avoi

accompagné mon père dans ses voyages , et
que les caprices de la fortune l'avoient réduit à la qualité de sous-maître chez mon
pédant , et j'avois par ses soins généreux fait
des progrès si rapides dans les humanités ,
dans l'écriture et dans l'arithmétique , qu'a-
vant l'âge de douze ans , j'étois , malgré les
soins de mon maître , regardé comme le
meilleur écolier de sa classe. Mes talens , de
la force et de l'amitié , réunis à certain air
de supériorité que je savois me donner , me
faisoient presque respecter de mes camarades ;
j'avois acquis sur leur esprit un ascendant ,
qui me fit former une espèce de conspiration
contre mon pédant. Je me mis pour cela à
la tête d'une ligue de trente écoliers , dont
la plupart etoient de mon âge. Je pris cependant la précaution de les éprouver , avant
que de rien entreprendre , pour savoir si je
pouvois compter sur eux dans l'exécution de
mon grand projet. J'attaquai donc à leur tête
une troupe d'apprentis vigoureux , qui s'é-
toient emparés , pour jouer aux quilles ,
d'un champ qu'on nous avoit abandonné
pour nous divertir. J'eus le chagrin de voir

mettre ma troupe en déroute : un de mes
camarades eut la jambe cassée d'un coup de
boule , qu'un de nos ennemis lança contre
lui par derrière. Cette défaite ne nous empêcha pas cependant de nous escarmoucher
à coups de pierre ; je reçus même dans ces
combats plusieurs blessures , dont je porte
encore les marques. Nous réitérions si souvent néanmoins nos attaques , malgré nos
désavantages , que nos ennemis se lassèrent
enfin de les soutenir , et ne parurent plus
sur le champ de bataille , dont nous res-
tâmes paisibles possesseurs par leur retraite.

J'aurois peine à raconter tous les exploits
que nous fîmes pendant notre confédération;
notre petite armée faisoit trembler tout le
village. Lorsque la désunion se mettoit dans
ma troupe , j'adoptois les intérêts de l'un
ou de l'autre parti , et l'honneur de ma protection , une fois acquise à l'un des deux ,
la faction opposée rentroit sur-le-champ dans
son devoir.

Je profitois de tous mes congés, pour aller
rendre visite à mon grand-père; mais ordinairement on m'interdisoit tout accès auprès de

lui : mes cousines , qui l'obsédoient , malgré la division et la jalousie qui régnoient entr'elles , se réunissoient cependant à mon approche , comme contre leur ennemi commun.
Celui de mes cousins , que mon grand-père
avoit désigné pour être son héritier, bornoit
ses talens et ses occupations à la chasse du
renard : (1) c'étoit au reste, l'unique chose à
laquelle il fût propre ; et malgré les soins et
les dépenses de mon grand-père pour son éducation , il n'en étoit pas moins un sot. Pour
ne rien perdre de la succession du vieux juge ,
il s'étoit muni , par avancement d'hoirie , de
toute la mauvaise volonté qu'il présumoit
sans doute que mon tendre ayeul lui légueroit
par testament contre moi : de sorte que , du
plus loin qu'il m'appercevoit , il détachoit
ses chiens de chasse , et les mettoit à mes
trousses , jusqu'à ce que , pour me mettre
à couvert de leurs poursuites , j'eusse trouvé
quelqu'asyle.

---

(1) Cette chasse est de toutes la plus à la
mode en Angleterre.

Son précepteur, qui prévoyoit sans doute la fortune future dè cet impertinent chasseur, et qui vouloit mériter pour l'avenir les bonnes graces de son élève, en flattant ses inclinations, l'encourageoit lui-même à ces indignités. Je fus si choqué de la façon d'agir de ce coquin, qu'un jour que, pour faire sa cour à mon cousin, il avoit lâché ses chiens contre moi, et qu'il couroit lui-même après eux pour les animer davantage, je pris le parti de me réfugier dans une chaumière, où j'étois sûr de trouver de l'appui, et de dedans la maison, je lui lançai une pierre avec tant de violence et d'adresse, que je lui fendis la tête jusqu'au crâne ; je lui cassai les dents, et le rendis pour jamais incapable de remplir les fonctions de clerc dans la paroisse.

CHAPITRE III.

Arrivée de M. Tom-Bouling, oncle maternel de Roderik. Quel étoit cet oncle, son portrait, sa générosité en faveur de son neveu. Visite qu'ils rendent ensemble au juge. Ils sont l'un et l'autre attaqués par les chiens de chasse du neveu. Combat sanglant entr'eux et l'oncle de Roderik. Conversation de celui-ci avec le juge.

LE seul oncle que j'eusse du côté de ma mère, qui, parce qu'il étoit lieutenant d'un vaisseau de guerre, s'étoit absenté depuis long-temps, revint dans ce temps-là dans le pays. Ayant appris la mort déplorable de ma mère, et l'état malheureux auquel j'étois réduit, il en fut si touché, qu'il vint me

voir ; et malgré la médiocrité de sa fortune ,
il me donna tout ce dont j'avois besoin , et
m'habilla très-proprement , en comparaison
de la façon dont je l'avois été jusqu'alors :
il prit en même temps la résolution de rendre visite à mon grand-père , et de l'engager à me donner quelque chose , pour
me faire subsister plus aisément à l'avenir ;
mais il ignoroit combien d'obstacles s'opposoient au succès de son entreprise. Mon oncle
étoit un de ces bons marins , qui , loin de
pouvoir juger du caractère d'un homme en
particulier , jugent de tous par le leur propre : quoique né en Ecosse , il ne connoissoit point du tout les mœurs de l'Europe , et
croyoit tous les hommes aussi francs et aussi
désintéressés que ceux de son équipage. Il
étoit d'une taille avantageuse et robuste ,
quoiqu'il fût , ainsi que tous les marins ,
assez mal sur ses jambes ; son teint étoit
extrêmement hâlé. Il portoit une camisolle
de flanelle rayée , un habit à la matelotte ,
qui avoit été rapiécé grossièrement en différens endroits par un tailleur du vaisseau. Il
avoit outre cela de grandes culottes rouges ,

tachées de goudron, de gros bas gris,
et de larges boucles d'argent, qui couvroient
la moitié de ses souliers ; son chapeau, bordé d'argent, avoit une forme pointue, qui
passoit les bords d'un demi-pied, et sous
lequel il portoit une petite perruque fort
noire, qui n'avoit qu'une boucle tout au
tour ; sa chemise étoit de toile rayée, il
portoit au col un mouchoir de soie ; un sabre
énorme, monté sur une vieille garde de
cuivre, et soutenue par un vieux ceinturon
brodé, lui pendoit jusque sur le genou gauche :
il tenoit dans sa main droite un gros bâton de
chêne, qui lui servoit de canne. Ce fut dans
cet équipage qu'il me conduisit chez mon
grand-père. Quant à moi, je me rengorgeois
sous l'habit qu'il m'avoit donné ; je ne m'é-
tois jamais vu si bien mis.

Mais en arrivant chez mon grand-père,
nous fûmes d'abord accueillis par César et
par Mélampe, qui furent détachés contre
nous par mon bienveillant cousin, du plus
loin qu'il nous eut apperçus. J'étois prêt à
me sauver à leur approche ; mais mon oncle
m'ayant pris d'une main, porta de l'autre
un

un coup de bâton si vigoureux au hargneux César, qu'il l'étendit par terre ; et s'étant apperçu
que Mélampe alloit le mordre par derrière,
il tira son sabre, fit volte face, et d'un seul
coup lui fit sauter la tête. Mon brave cousin,
accourut avec trois domestiques armés de
fourches au secours de ses chiens, qu'il trouva étendus sur le champ de bataille. Quoique
ce spectacle le mît en fureur, il eut cependant
dant la prudence de ne pas approcher mon
oncle de trop près ; mais il chargea ceux qui
l'accompagnoient de le faire, et leur ordonna, en l'accablant de reproches et d'imprécations, de venger sur lui la perte de ce
qu'il avoit de plus cher au monde. Mon oncle alors s'avança vers les défenseurs de la
meute infortunée d'un air si déterminé,
qu'ils jugèrent à propos de prendre le parti
de la retraite. Il joignit cependant mon cousin, et l'arrêtant par la main, il lui dit d'un
ton de franchise : « écoutez, l'ami, vos
chiens sont venus sur moi, sans que je
les aie insultés ; ce que j'en ai fait, n'étoit
que pour m'empêcher d'être mordu par ces
mâtins-là : en conscience, frère, vous avez

- tort de vous fâcher , ce n'est pas ma faute ».

Soit que mon cousin crût que mon oncle , en lui parlant si raisonnablement , eût peur de lui , ou que le chagrin d'avoir perdu ses chiens , lui eût fait naître l'envie de se battre, il se jeta sur une fourche , qu'il arracha des mains d'un de ceux qui l'accompagnoient , et parut vouloir se jeter sur mon oncle , qui , se mettant en garde de son côté , continua sa capitulation dans ces termes ; « double bâtard , dit-il , si tu avance , je te mets en hachis et je t'apprendrai si c'est ainsi que l'on doit recevoir un honnête homme ». Il fit alors le moulinet avec tant de force et d'agilité , que mon prudent cousin s'arrêta tout court : il regarda derrière lui , et voyant que ceux qui l'accompagnoient s'étoient retirés , il jugea à propos de rentrer aussi dans la maison, et d'abandonner le champ de bataille à mon oncle. Il avoit soigneusement fermé la porte , et vint lui parler ainsi par la fenêtre : « Que veut donc ici ce coquin , c'est sans doute quelque fripon de matelot qui a déserté : vas, vas , scélérat ; tu peux compter que je te

ferai pendre ! puisse avec toi toute ta maudite parenté parer le gibet de la ville ; elle
ne vaut pas, toute ensemble, un seul des
chiens que tu m'as tués, entends-tu, gueux
que tu es. Paix, bavard, répondit mon oncle, autrement je vous repasserai le pour-
point ; j'épousterai, continua-t-il en montrant son bâton, votre veste galonnée avec
cette houssine ». Mon oncle, en disant cela,
remit son sabre dans son fourreau.

Cette querelle cependant mit toute la maison en rumeur ; une de mes cousines étoit
accourue au bruit, et demanda par la fenêtre
ce que c'étoit. « Ce que c'est ; pas grand
chose, ma belle enfant ! je veux parler à
votre grand-père, cet étourdi-là s'y oppose,
je ne sais pas pourquoi, voilà tout, ma
grande fille » ! Ma cousine, sans nous répondre, que par un coup d'œil méprisant,
alla sans doute raconter ce qui se passoit au
vieux juge, et nous fûmes quelques minutes
après, admis à son audience. Mon cousin et
mes cousines formoient de part et d'autre une
haie ; nous passâmes au milieu, et l'on nous
honora des deux côtés de regards très-signifi-

catifs : mon oncle, après deux ou trois brus-
ques révérences, entama ainsi la conversation.

« Bon jour, vieux papa, serviteur, eh
bien, comment vous en va, cette santé,
hem !.... Vous ne me connoissez pas ; mais
vous me connoîtrez bientôt, je m'appelle
Tom-Bouling : voilà votre petit - fils, vous
faites comme si vous ne le connoissiez pas
non plus ; est-ce parce qu'il a un habit neuf ?
savez-vous bien qu'il est mon neveu, cet
enfant-là ; parbleu, je l'ai trouvé dans un
équipage qui vous fait bien de l'honneur ; ses
guenilles cingloient à tous vents » : appro-
che-toi, petit nigaud, ajouta mon oncle, en
s'adressant à moi, qui me tenois éloigné par
timidité, viens baiser ton grand-père, pourquoi recules - tu » ? J'obéis à mon oncle ;
mon grand - père, qui étoit attaqué de la
goutte, s'excusa sur son indisposition, de
ce qu'il ne se levoit point devant mon oncle, et répondit à sa franchise avec cette
froideur et cette gravité qui caractérisoient,
et lui dit d'un ton flegmatique et judiciaire,
qu'il étoit très-flatté de sa visite.

« Tenez , point de façon , repartit mon
oncle, j'aime à être debout : Or ça, parlons
raison , vieux comme vous êtes , vous devez
en avoir : quant à moi , je n'ai pas besoin de
vous , je ne vous demande rien : mais pour
peu que vous ayez de conscience et de naturel , vous devez donner quelque chose à ce
petit garçon-là, que vous avez traité jusqu'à
présent comme un chien de basse-cour ; pourquoi mon neveu est-il plus négligé que ce
grand flandrin-là , continua mon oncle , en
montrant mon cousin et mes cousines, n'est-
il pas votre petit-fils., aussi - bien que toute
cette graine-là? il est , ce me semble , mieux
tourné que ce benet-ci : allons , vieux patron , la main sur le cœur , ne vous embar-
quez pas sans biscuit ; il faut avoir une pacotille de bonnes œuvres pour le voyage que
vous allez bientôt faire ; songez que vous
courez risque de faire capot , si vous ne ré-
parez le tort que vous lui avez fait : si sa
mère est morte , et si son père est perdu ,
vous savez bien que c'est votre faute , ainsi,
la moindre chose que vous pussiez faire,

c'est de faire pour lui ce que vous faites pour les autres ».

Mes cousines étoient trop intéressées dans la proposition de mon oncle , pour se contenir plus long-temps ; leurs langues se déchaînèrent toutes en même temps contre mon protecteur , qui s'écria en bouchant les oreilles , que tous les diables de l'enfer étoient à ses trousses. « Coquin , maraud , fripon , impertinent , lui crièrent-elles , il te sied bien de prescrire ici des règles de conduite ; on a pris de ton neveu cent fois plus de soin qu'il ne mérite ; vraiment il eût été bien juste , n'est - ce pas , que notre grand-papa ne mît aucune différence entre un fils libertin et volontaire , et des enfans respectueux , qui n'ont jamais rien fait sans son aveu ».

Cette réplique généreuse fut suivie d'un torrent d'invectives , qui n'eussent sans doute cessé que par notre retraite , si mon grandpère n'eût imposé silence : il reprocha à mon oncle son peu de politesse, qu'il lui passoit, cependant , disoit-il , eu égard à son état , dans lequel on ne se piquoit pas de savoir vivre ; il ajouta qu'il avoit toujours eu soin de moi, qu'il m'avoit envoyé à l'école dès mon plus bas âge, jusqu'à présent, quoi qu'on l'eût informé que je n'y faisois aucun progrès, et qu'on reconnût en moi les penchans les plus dangereux ; que cela pouvoit se prouver clairement, parce que j'avois fait à quelques - uns de mes camarades, et surtout au précepteur de mon cousin ; que cependant, pour m'éprouver et voir à quoi j'étois propre, il vouloit bien faire un dernier effort, et consentoit à me mettre en apprentissage chez quelque artisan, à condition que je changerois de conduite.

Mon oncle fut indigné de cette proposition : il répondit nettement à mon grand-père, " que s'il m'avoit envoyé à l'école, il savoit très-bien qu'il ne lui en avoit jamais rien coûté, ni pour ma nourriture, ni pour mon entretien ; qu'il n'étoit pas étonné conséquemment que je n'eusse pas fait de grands progrès : je n'en juge pas par moi - même, ajouta-t-il, mais je sais cependant, à n'en point douter, que mon neveu, malgré votre malin vouloir, est le meilleur écolier du pays ".

Mon oncle alors, pour soutenir la vérité de ce qu'il avançoit, tira sa bourse et défia toute la compagnie de parier le contraire. «Il n'est pas si méchant que vous le dites, continua-t-il, mais quand cela seroit, à qui s'en prendre qu'à vous-même, qui l'avez laissé rouler comme un bâtiment sans agrêts; quant à votre chapelain, il eût mieux fait de lui mettre la cervelle au vent, que de lui casser la mâchoire; je jure par mon ame, que s'il me tombe sous les mains, il n'en sera pas quitte à si bon marché. Grand mêrci de votre offre, de mettre mon neveu en apprentissage, vous voulez apparemment en faire un savetier? (1) J'aimerois mieux moi, qu'il fût pendu, que d'accepter une pareille proposition; viens-t-en, mon pauvre Rorick, (2) viens, il n'y a rien à gagner avec ce ladre-là; mais va, console-toi, mon garçon, tant

(1) L'anglais porte le mot de tailleur, parce que c'est de toutes les professions la plus méprisée en Angleterre.

(2) Diminutif de Roderik, comme en français l'on dit Charlot ou Colin pour Charles.

que j'aurai un scheling dans mon gousset,
tu peux compter sur la moitié. Adieu, vieux
cancre, vous allez bientôt crever, Dieu
merci, mais vous êtes condamné comme un
chien, comptez sur ma parole ».

Mon oncle sortit : je le suivis pour retourner avec lui au village dont nous étions
sortis ; et pendant toute la route, je l'entendis *maugréer* contre le grand-père et sa
postérité, qu'il honoroit d'épithètes mari-
times, dont l'énergie exprimoit admirable-
ment ce qu'il pensoit sur le compte de l'un
et de l'autre.

CHAPITRE IV.

Le juge tombe malade. Il fait son testament. Monsieur Tom-Boulinz lui rend une seconde visite. Le juge meurt. Ouverture du testament. Preuves singulières du chagrin de ses nièces. Oraison funèbre du défunt par l'oncle de Roderik.

QUELQUE temps après notre visite, nous apprîmes que mon grand-père étoit tombé dans une langueur, qui le cousumoit depuis trois jours, qu'il étoit proche de sa fin, et qu'il avoit en conséquence envoyé chercher son notaire pour rédiger son testament. On vint nous dire de sa part, que comme il sentoit bien qu'il n'avoit pas encore long-temps à vivre, il vouloit, avant de mourir, avoir la satisfaction d'embrasser toute sa famille et voir tous ses parens, sans exception. Mon oncle apprit cette nouvelle

avec un plaisir qu'il ne put cacher. Pour
satisfaire aux dernières volontés du vieillard,
il partit sur-le-champ, et m'emmena avec lui
pour recevoir sa bénédiction. « Nous le te-
nons enfin, ce vieux corsaire, me disoit-il,
chemin faisant ; tu vois mon pauvre Roderik, ajouta-t-il, tu vois ce que c'est que de
parler raison aux gens ». Nous arrivâmes en
discourant ainsi chez mon grand-père ; nous
trouvâmes l'appartement rempli d'une légion de parens, et nous approchâmes de son
lit, mais il étoit prêt d'expirer. Deux de mes
cousines lui soutenoient la tête ; elles pleu-
roient l'une et l'autre du mieux qu'il leur
étoit possible ; mais on s'appercevoit malgré
elles, qu'elles avoient quelque peine à réussir ; elles essuyoient de temps en temps le
visage du moribond, qu'elles baisoient avec
de grandes démonstrations de douleur.

Mon oncle s'approcha cependant du malade et lui parla ainsi : « Bon soir, patron,
eh bien ! faut-il vous chagriner, n'est-il pas
temps de partir, comment cela va-t-il ?
si vous avez l'ame nette, Dieu en aura pitié ». Mon grand-père tourna vers nous des

yeux languissans, qui ne marquoient pas
qu'il fût content du dialogue de M. Bouling, qui ne laissa pas de lui continuer
ainsi ses exhortations mortuaires.

« Eh bien ! voilà notre pauvre Roderik
qui vient vous voir avant que vous mouriez ;
si vous voulez être sauvé , pensez à lui , au
cas que vous ne l'ayez pas encore fait : vous
avez été grand pécheur, j'en conviens ; mais
il est encore temps de réparer vos fautes ;
repentez-vous-en , et faites-lui le plus de
bien que vous pourrez , pendant le peu de
temps qui vous reste à vivre ; ni le ciel , ni
les hommes ne vous en demandent pas davantage ; avant qu'il soit peu , les vers vont
vous ronger ; et si vous n'êtes pas converti
depuis que je vous ai vu , vous pouvez
compter que. . . . . . ». Mon oncle alloit
sans doute lui dire qu'il iroit à tous les diables , lorsqu'il fut interrompu par un ministre qui étoit présent , et qui fut apparemment scandalisé , ainsi que toute la compagnie , de voir un laïque empiéter si cavaliè-
rement sur son ministère. On nous obligea
l'un et l'autre de passer dans une chambre
voisine,

voisine, où, quelques minutes après, nous
fûmes instruits de la mort de mon grand-
père, par un *concerto* lamentable de pleurs
et de gémissemens, exécuté presqu'au naturel par mes cousines : mon cousin, qui
n'avoit pas autant de talent qu'elles, s'étoit
retiré dans un cabinet, sous prétexte de se li-
vrer à sa douleur avec plus de liberté; mais ce
charivari l'ayant averti d'un événement qu'il
attendoit depuis long-temps avec impatience,
il parut dans la salle, et demanda d'un ton
moitié chagrin et moitié inquiet, s'il étoit
bien vrai que son grand-père fût mort?
« S'il est mort, repartit mon oncle, ô parbleu, je vous réponds qu'il est aussi bien
trépassé qu'une merluche : Dieu me damne,
cela ne pouvoit pas lui manquer d'arriver ;
car j'ai rêvé cette nuit, que j'étois sur le
gaillard de mon vaisseau, et delà j'ai vu une
nuée de corbeaux s'élancer sur le cadavre du
défunt ; mais le diable, qui s'étoit perché
sur notre beaupré, sous la forme d'un
ours, dont le poil étoit bleu, s'est em-
paré du défunt, et l'a emporté avec ses
griffes dans le fond de la mer. Malheureux

Tome I. E

que vous êtes , s'écria le ministre , tout
bouillant de zèle et de colère , impie , osez-
vous bien penser que l'ame d'un si digne
homme , soit devenue la proie du diable „ ?

Il s'éleva dans un instant un murmure
général dans l'appartement ; et mon oncle,
que le ministre , pendant sa brusque apos-
trophe , avoit fait reculer d'un bout de la
chambre à l'autre , fut obligé de se mettre
en défense : il enfonça son chapeau jusques
sur son sourcil , jura sur sa tête , que si
quelqu'un étoit assez hardi pour tenter de le
faire sortir de l'appartement , sans lui avoir
auparavant prouvé qu'il en avoit le droit, il
lui couperoit les oreilles. « Point de mani-
gance , ajouta-t-il , votre vieux Fesse-Ma-
thieu a peut-être eu assez de conscience pour
laisser du bien à mon neveu ; en ce cas,
Dieu veuille avoir son ame , c'est tout ce
que j'ai envie de savoir ; voyons ce testament , et je pars , car vous m'ennuyez
tous „.

Comme la menace de mon oncle avoit
fait impression , et qu'on voyoit bien à sa
mine , qu'il étoit homme à tenir parole , un

des exécuteurs testamentaires , pour éviter
le bruit , protesta à M. Bouling , qu'on me
rendroit toute la justice possible, et qu'après
les obsèques du défunt , on indiqueroit un
jour pour examiner ses papiers en présence
de toute la famille ; que , jusqu'à ce jour ,
tous les coffres , armoires et cabinets de la
maison resteroient sous le scellé , qu'on ap-
posa sur-le-champ en notre présence. On
voulut en même temps donner des ordres
pour le deuil de tous les parens ; mais mon
oncle ne voulut pas souffrir que je le por-
tasse avant de savoir si mon grand-père
m'avoit assez bien traité , pour honorer ainsi
sa mémoire. Les opinions étoient extrème-
ment partagées sur le contenu de son testament : les uns présumoient que tous les
biens-fonds , qui consistoient en sept cents
livres sterlings de rente , écherroient à mon
cousin , qu'il avoit toujours désigné pour
son héritier , et que les immeubles , l'argent comptant et les dettes passives qui
devoient rentrer dans la succession , et dont
chacune étoit une usure des plus criminelles,
seroient également partagées entre mes cou-

sines et moi. Quelques honnêtes gens
croyoient , que pour réparer ses injustices ,
il m'auroit laissé tout son bien , à l'exception de deux ou trois cents livres sterling de
rente, qu'il auroit léguées à ses petites-filles,
qui étoient au nombre de cinq , et dont les
pères et mères avoient reçu des dotes consi-
dérables.

Le moment décisif arriva enfin , le testament fut ouvert : rien n'eût été plus amusant pour des spectateurs désintéressés , que
les regards avides des héritiers ; l'altération
de leurs visages peignoit exactement l'inquiétude de leur esprit , mais on auroit peine à
exprimer l'étonnement et le chagrin dont
elles furent frappées , quand le notaire eut
lu à haute et intelligible voix , que mon
aimable cousin étoit l'héritier unique et légataire universel de tous les biens du défunt , tant meubles qu'immeubles.

Mon oncle , qui avoit écouté avec beaucoup d'attention , frappa le plancher de
son talon avec tant de force , et prononça
d'un ton si terrible un le *diable l'emporte*, qu'il
fit frémir toute l'assemblée. L'aînée de mes

cousines, qui avoit toujours été extrêmement officieuse et prévenante auprès de mon grand-père, demanda, d'un ton lamentable, s'il étoit bien vrai qu'il ne fût point du tout question d'elle dans le testament, on lui répondit que rien n'étoit plus certain. Cet arrêt accablant la fit tomber en foiblesse.

Les autres, dont les espérances n'étoient pas apparemment si bien fondées, supportèrent leur malheur avec un peu plus de résolution; mais elles ne laissèrent pas de barbouiller la mémoire du défunt, de plusieurs qualifications scandaleuses et diffamantes. Leur douleur, en ce moment, paroissoit beaucoup plus sincère et plus naturelle; et n'avoit point du tout l'air de celle qu'elles avoient fait paroître dans l'instant de la mort de mon grand-père. Mon oncle accompagnoit leurs imprécations des juremens les mieux conditionnés. « Tu n'as donc rien à espérer, mon pauvre garçon, me dit-il, en trépignant de rage; ce vieux chien avoit le diable au corps, je te défends de prier Dieu pour lui, car il est damné comme un Belzébuth ».

Le ministre étoit toujours présent : ayant

E 3

été le directeur spirituel du défunt , il avoit
été élu exécuteur testamentaire ; sous prétexte de charité , il avoit su tirer aussi sa
cote-part du vivant du bon homme ; aussi
avoit-il pour sa mémoire une vénération
sans égale : les apostrophes de mon oncle le
scandalisèrent une seconde fois. « Misérable
hérétique que vous êtes , lui dit-elle , ne
voulez-vous pas cesser d'inquiéter par vos
malédictions , l'ame d'un bon chrétien qui
vous demande des prières ». Le pasteur
s'imaginoit que tout le monde seroit comme
la première fois de son parti ; mais il
fut d'abord détrompé , car mes cousines
l'accusèrent d'avoir , par de mauvais conseils , empêché leur grand-père de suivre
sa bonne volonté à leur égard , étant per-
suadées qu'il ne les auroit pas ainsi deshéri-
tées , si ses avis hypocrites ne l'y eussent déterminé ; elles joignirent à ce reproche une
kirielle d'invectives , qui contraignit le pré-
dicateur de prendre la fuite.

Cette scène mit le digne légataire de la
meilleure humeur du monde. « Si vous
n'eussiez pas tué mes chiens , dit - il à mon

oncle, je les aurois mis aux trousses de cette bête noire ». M. Bouling, qui n'étoit pas disposé à goûter cette impertinente saillie, lui tourna le dos en lui disant : « Que vous et vos chiens aillent aux diables ; fussiez-vous tous trois au fond de l'enfer avec votre vieux damné : allons, Roderik, me dit-il, en s'adresant à moi, virons de bord, et nous partîmes ». -

CHAPITRE V.

Roderik est maltraité par son pédant. Son oncle l'aide à s'en venger, lui fait quitter le village, et le fait entrer dans l'université.

Nous prîmes le chemin de notre village. Pendant une heure de chemin, mon oncle ne me dit pas un mot ; je l'entendois marmoter entre ses dents ; je remarquois de temps en temps sur son visage des mouvemens d'indignation qui lui faisoient oublier que nous étions ensemble. Il marchoit si vîte, dans ces mo-

mens de distraction, que je ne pouvois le
suivre : quand il s'en appercevoit, il s'arrê-
toit tout court pour m'attendre. « Allons
donc, me disoit-il, d'un ton fâché, petit
paresseux, à quoi t'amuses-tu » ? Il me prenoit alors par la main, et me faisoit trotter
à toutes jambes sans y prendre garde. Après
un couple d'heures de réflexion, il reprit sa
belle humeur. « Allons, mon garçon, me dit-
il, console-toi, ton vieux coquin de grand-
père grille à présent comme un pourceau ;
ainsi point de chagrin, mon enfant, tu me
suivras sur mer ; tiens, avec du cœur et une
bonne paire de culottes, on peut aller par
tout le monde. Allons, gai, toujours gai,
comme dit la chanson ».

Quoique ce projet ne s'accordât point du
tout avec mon inclination, je crus cependant
devoir lui cacher dans cet instant, l'éloigne-
ment que je me sentois pour le parti de la
mer. J'avois à ménager en mon oncle le seul
homme qui me voulût du bien. Il jugeoit du
bien d'autrui par le sien propre, et s'imaginoit
ne pouvoir rien me proposer de plus agréa-

ble et de plus avantageux que la navigatiou. Heureusement pour moi , notre sous-maître , à qui , comme je l'ai déjà dit , j'avois l'obligation de savoir quelque chose , combattit sa résolution , et le fit changer de sentiment. Il assura mon oncle que c'étoit me faire un tort infini , que de ne pas profiter des heureuses dispositions que je marquois pour les sciences , ajoutant qu'elles feroient immanquablement ma fortune , si j'étois cultivé. M. Bouling , qui , comme on l'a vu , étoit l'homme du monde le plus généreux , quoiqu'il ne fût pas riche , prit sans balancer le parti de m'envoyer dans quelque université. Il m'assigna une pension , pour me faire subsister honnêtement , dans une petite ville située à quelques milles de notre village , et dont l'université étoit en réputation.

Mais quelques jours avant notre départ , le maître d'école du village , qui ne craignoit plus mon grand-père , m'accabla d'invectives les plus atroces , vomissant cent injures contre le défunt , à qui il souhaitoit charitablement la damnation éternelle , en réparation du tort qu'il lui avoit fait , en ne le payant

d'aucun des soins qu'il s'étoit donnés pour
moi. Les indignes propos de cet insolent
pédagogue, qui devoit sa fortune et son établissement à mon grand-père, me détermi-
nèrent à me venger. Je complotai avec quelques-uns de mes camarades, et consultai
avec eux sur les moyens d'y réussir. Je les
trouvai tous prêts à seconder mon dessein,
qui devoit s'exécuter de belle façon la veille
de mon départ pour l'université : voici comment il étoit conçu.

Je devois profiter du moment auquel le
sous-maître sortiroit comme à son ordinaire
pour satisfaire à ses besoins : je devois ensuite fermer la porte en dedans, afin qu'il
ne pût venir au secours du pédant, et pour
signal de l'attaque, je devois cracher au visage du proscrit. Les grands et les plus
forts des écoliers promirent de me prêter
main-forte, pour le lier sur un banc, couché sur le ventre, et son maigre postérieur
étoit désigné la victime expiatrice de tous
les maux qu'il m'avoit fait souffrir.

Nous étions trois principaux chefs de la
conspiration ; et c'étoit par nous que de-

voit commencer l'attaque : nous étions sûrs
d'ailleurs d'être secondés par la plus grande
partie des écoliers. J'étois le premier des con-
jurés , comme auteur de la conspiration. Les
deux autres chefs étoient le fils unique d'un
riche gentilhomme du voisinage , nommé
Gawky , que le pédant n'avoit jamais osé
maltraiter , et l'autre se nommoit Hugues
Strap , et que le pédant avoit toujours mé-
nagé , parce que son père , qui étoit cordonnier du village , l'avoit toujours gratui-
tement fourni de chaussure. J'avois une fois
sauvé la vie au premier , en me jetant à la
nage , et l'empêchant de se noyer. Je l'avois
quelquefois préservé de bastonnades auxquelles son insolence l'exposoit de temps en
temps , j'avois mis aussi quelquefois son
derrière à couvert de la flagellation , en lui
faisant ses tâches ; de sorte que tant de
motifs m'assuroient de son attachement à
mes intérêts. Quant à Strap , ma confiance
en lui étoit fondée sur notre amitié réciproque , et sur la conformité de nos caractères.
J'avois reçu, quant à moi, mille services désintéressés de sa part, qui me le rendoient extrê-

mement cher. Comme ces deux champions
avoient pris leurs mesures pour quitter l'é-
cole dès le lendemain de l'exécution du projet , je ne doutai point de leur bonne volonté. Le premier avoit reçu ordre de son
père de revenir chez lui ; et l'autre devoit
entrer en apprentissage chez un barbier ,
dans une ville située aux environs.

Mon oncle , qui avoit été instruit de la
façon dont j'avois été maltraité par ce pédant , m'ayant paru dans la résolution de
l'en faire repentir , je crus devoir lui com-
muniquer notre projet , qu'il rejeta , par la
difficulté dont il le croyoit dans l'exécution. « Ne t'y fie pas , me dit-il, en mâchant
du tabac , et relevant sa culotte , c'est trop
vous exposer tous les trois ; cet âne bâté ne
manquera pas de braire de toutes ses forces ;
on viendra sans doute à son secours , et
vous en serez les dupes. Mort de ma vie ,
que n'est-il à portée de mon navire , je ferois en sorte de l'y attirer , et je le ferois ensuite étriller comme il faut par quatre ou
cinq bons vivans de l'équipage ! Parbleu , je
lui

lui apprendrois si le poignet d'un marin vaut
bien celui d'un donneur de férules ».

Après bien des réflexions pour et contre,
comme tout autre moyen de vengeance nous
manquoit, mon oncle enfin adopta le projet, et voulut nous aider à l'exécuter. Il
partit donc sur-le-champ, pour acheter des
cordes dont nous avions besoin pour en venir à bout. On juge bien du plaisir que nous
fit l'assurance de sa protection. Il nous avoit
ordonné avant de nous quitter, de tenir nos
chevaux et notre équipage tout préts pour
partir aussitôt l'affaire faite. Nous obéimes
ponctuellement.

Enfin, l'heure arriva ; nous l'attendions
avec impatience : le sous-maître sortit comme
à son ordinaire ; et mon oncle, qui étoit
aux aguets, saisit cet instant pour entrer.
Ayant fermé la porte sur lui aux verroux, le
sous-maître resta dans la cour, et mon oncle
vint empoigner le maître par le collet. Le pédant se mit alors à crier de toute sa force
qu'on l'assassinoit ; jamais *Stentor* ne se fit
mieux entendre : je tremblois qu'il n'échappât

Tome I. F

à mon oncle. Je courus cependant à lui, et
sautai sur son postérieur que je mis sur-le-
champ en évidence. Strap le prit par une
jambe et le fit tomber ; Gawky, qui, jusqu'alors s'étoit contenté d'observer l'action,
sortit de sa place, en criant victoire, et vint
nous aider à lier le pédant à un poteau.

Le sous-maître étoit cependant accouru au
bruit ; il frappoit, menaçoit et supplioit tour-
à-tour, pour qu'on lui ouvrît la porte. Mon
oncle ayant mis le pédant hors d'état de nous
échapper, nous chargea du soin de le dépouiller, et vint lui-même parler au sous-
maître, et lui dit « qu'il eût à ne plus faire
de bruit, s'il ne vouloit partager la disgrace
du magister. Croyez-moi, ajouta - t - il, si
vous êtes prudent, demeurez en repos ; vous
savez comme ce cuistre a maltraité mon neveu, vous ne trouverez donc pas mauvais
que je l'en fasse repentir ».

Mon oncle, après cela, referma la porte
au nez du sous-maître, qui se remit à frapper de plus belle, de façon que M. Bowling
craignant que ce tapage n'excitât enfin la curiosité des voisins, vint lui rouvrir la porte.

Dès qu'il fut entré, il la referma avec beaucoup de précaution, et s'adressant à lui:
« Ecoutez, M. Sintaxe, je vous crois honnête - homme, j'ai même du respect pour
vous; mais il est bon et prudent que nous vous
mettions hors d'état de vous opposer à notre
entreprise ». En disant cela, il tira de sa poche quelques bouts de corde. M. Sintaxe, à
cet aspect, se mit à pleurer comme un enfant, protestant à mon oncle qu'il ne m'avoit
jamais fait aucun mauvais traitement, qu'il
s'étoit au contraire prêté de tout son cœur à
mon avancement, qu'il falloit que je fusse
bien ingrat pour lui attirer une pareille
avanie.

« Je sais bien, dit mon oncle, que mon
neveu vous a de grandes obligations; aussi
ne veux-je vous faire aucun mal, tout au
contraire; mais vous faites tant de bruit,
que vous pourriez attirer des témoins, et
nous n'en avons que faire; ainsi trouvez bon
que je vous attache à vôtre pupitre, jusqu'à
ce que notre opération soit achevée, je
pense qu'elle vous divertira; mais sur-tout

point de résistance , car je vous mettrois en
la place du patient ». M. Sintaxe fut donc
obligé de consentir à tout.

Mon oncle alors s'adressant au magister ,
que nous avions si bien garotté , qu'il ne
pouvoit remuer , lui fit une semonce des
plus graves , et commença ensuite l'exécution. Le pauvre fustigé nous accabloit d'imprécations grecques et latines que mon oncle
n'entendoit pas ; aussi ne l'empêchèrent-elles
pas d'aller son train et de l'étriller , conjointement avec nous, pendant un grand quart-
d'heure.

Enfin le supplice cessa , et mon oncle
adressa ces paroles consolantes au patient.
« Il est bon de savoir ce qu'on fait , monsieur
le magister , on doit réfléchir sur la conséquence de ses actions : vous donniez cruellement le fouet à vos écoliers , sans vous imaginer que cela fît beaucoup de mal , remer-
ciez-moi , vous voilà sorti d'erreur. Pour que
vous soyez reconnoissant, vous vous ressou-
viendrez de moi tout le temps de votre vie ;
je vous ai sans doute inspiré plus d'humanité , que vous n'en avez eu jusqu'à présent

C'est une qualité qu'il est bon d'avoir , et je suis charmé que vous m'en ayez l'obligation. Allons, continua-t-il, mes enfans, en s'adressant aux écoliers , venez-vous-en au cabaret prochain , que Roderik vous régale pour vous dire adieu ».

Tous mes camarades acceptèrent la proposition , et sortirent. Mon oncle pria pour lors M. Sintaxe de nous accompagner ; mais celui-ci le refusa avec un air de mépris, en lui disant brusquement qu'il étoit un ivrogne. Nous n'en serons pas moins bons amis, malgré votre air fâché, lui dit mon oncle ; vous êtes un fort bon diable , à ce qui me paroît ; et si jamais je suis capitaine de vaisseau , foi de lieutenant , je vous ferai , si vous voulez, maître d'école de mon équipage.

Mon oncle sortit ensuite , tira la porte sur lui , et laissa M. Sintaxe auprès du pédant , pour le consoler et le panser. Il nous conduisit au village , les autres écoliers et moi , et nous régala dans une aubérge. Nous nous quittâmes enfin , après bien des témoignages et des marques de regret de part et d'autre. J'arrivai le lendemain à la ville où je devois

démeurer. Mon oncle avoit pourvu générale-
ment à tous mes besoins. Il me mit en pension chez une parente de ma mère, dont le
mari étoit apothicaire. Il partit quelques jours
après, et nous nous séparâmes l'un de l'autre
en versant un torrent de larmes, qu'une tendresse véritable nous arrachoit réciproquement.

CHAPITRE VI.

Roderik fait de grands progrès dans ses études. Il se fait beaucoup de connoissances. Ses cousines cherchent à renouer avec lui. Il rejette leur amitié. Moyen qu'elles emploient pour s'en venger. Il arrive une affaire malheureuse à M. Bouling. Elle influe sur la fortune de Roderik, qui se trouve dénué de tout secours. Mauvaise conduite de Gawky à son égard. Vengeance de Roderik.

COMME je commençois à réfléchir, je sentis parfaitement que comme mes espérances n'étoient fondées que sur les bontés d'un seul homme, exposé sans cesse à des dangers qui pouvoient m'en priver, que d'ailleurs tous

ceux dont j'aurois eu droit d'attendre quelque secours, étoient mes ennemis déclarés,
il étoit nécessaire que je me misse absolument
en état de me faire un sort par moi-même. Je
m'attachai donc à mes études avec une application extrême, et je le fis avec tant de
succès, qu'en moins de trois ans je savois,
non-seulement le grec et le latin, mais j'étois
encore très-avancé dans l'étude des mathé-
matiques et de la philosophie. Je m'appliquai
par préférence à la morale et à la physique.
Je me distinguai même dans la littérature, et
donnai au public quelques pièces de vers de
ma façon, qui me firent assez d'honneur. Je
joignois à plusieurs talens agréables une taille
parfaite, avec une figure assez aimable. J'acquis la connoissance des personnes les plus
distinguées de la ville ; je remarquai que
plusieurs dames me voyoient avec plaisir ; ce
qui flattoit beaucoup mon penchant à l'amour
et à la vanité ; je triomphai même des scru-
pules que quelques-unes, par la complaisance
que j'eus de faire quelques couplets impertinens et satyriques contre plusieurs de celles
qui leur disputoient ma conquête. Deux de

mes cousines demeuroient dans la ville avec
leur mère , dont le mari leur avoit partagé
son bien par son testament , de sorte que si
elles n'étoient pas les plus belles femmes du
lieu , elles étoient au moins les plus riches
partis qu'on pût y trouver. Leur maison étoit
conséquemment le rendez - vous de presque
tous les petits - maîtres et tous les beaux de
la ville : comme elles m'avoient extrêmement
méprisé pendant mon enfance , malgré leur
richesse , je leur rendois parfaitement le chan-
ge ; l'état de ma réputation , parmi les dames , flattoit tellement leur vanité , qu'elles
ne dédaignèrent pas de me faire des avances ,
et me firent prier de leur faire visite. On conçoit aisément, qu'outre que ma complaisance
leur auroit fait une espèce d'honneur , elles
envisageoient encore le plaisir qu'elles auroient à se venger des femmes plus jolies
qu'elles , par l'abus de mes talens ; peut-
être aussi craignoient-elles les suites de mon
ressentiment , qu'elles sentoient bien n'avoir
que trop méritées. De mon côté , je fus
charmé de trouver une occasion de me venger d'elles : non - seulement je refusai de les

voir , mais de temps en temps je leur déco-
vois quelques épigrammes. Se trouvoient-elles
dans quelques cercles de femmes , en faveur
desquelles on intéressât ma muse , elles
étoient les seules dont je négligeois de parler ,
ce qui choqua tellement leur amour-propre ,
qu'elles formèrent la résolution de m'en punir
du mieux qu'il leur seroit possible.

Elles engagèrent donc un jeune écolier à
faire des vers contre moi , par lesquels il me
reprochoit l'état malheureux dans lequel on
m'avoit élevé , aussi-bien que les disgraces
de ma naissance ; je ripostai si vigoureusement, et je prouvai si bien qu'elles devoient
elles-mêmes rougir de mon malheur , qu'elles
n'osèrent plus m'attaquer sur cet article.
Comme elles n'avoient pas réussi dans ces
premières tentatives , elles prirent la résolution de s'en dédommager cruellement par une
autre. Elles persuadèrent à un jeune gentilhomme que j'avois attaqué la réputation de sa
maîtresse par des vers diffamans, et surent lui
inspirer tant de haine contre moi , qu'il résolut de me faire payer de la vie l'insulte prétendue que j'avois fait à sa belle. Il m'atten-

dit un soir, qu'il faisoit fort obscur, avec
deux autres brétcurs de ses amis, qui, après
m'avoir assassiné, devoient l'aider à me jeter
dans la rivière; mais ayant eu avis de ce dessein, je m'en revins chez moi par un autre
chemin. L'impatience de ne me point voir
arriver, les ayant conduits sous mes fenêtres
pour s'éclaircir si je n'étois pas rentré, j'en
avertis l'apprenti de la maison, et nous les
saluâmes conjointement avec nos pots de
chambre, dont nous leur jetâmes tout le
contenu sur les oreilles, de sorte qu'ils s'en
rétournèrent chez eux bien et dûment asper-
gés et parfumés. Cette aventure fut publiée
le lendemain, et fit rire si fort à leurs dépens, qu'ils furent contraints de se bannir
de la ville.

Ces mauvais succès n'empêchèrent pas cependant mes cousines de continuer à me sus-
citer des scènes désagréables ; leur dépit et
leur malice s'envenimoient à mesure que je
venois à bout de les confondre; je ne voyois
d'ailleurs aucune ressource pour me mettre
à couvert de leur mauvaise volonté ; je savois
trop bien, que, de même que les personnes

qui sont le plus constamment ingrates , sont
celles qu'on a le plus constamment obligées,
de même aussi les ennemis les plus implaca-
bles, qu'on puisse jamais avoir , sont ceux
qui nous ont fait le plus de tort. Mes bonnes
cousines eurent enfin recours à un stratagême
qui leur réussit; elles séduisirent un de mes
amis , en qui j'avois une confiance aveugle ,
et à qui je n'avois caché aucune de mes in-
trigues amoureuses ; dès que son indiscrétion
les eut mis au fait , elles publièrent des vé-
rités dont elles aggravèrent le scandale par
des circonstances , qui n'avoient jamais sub-
sisté que dans leur imagination. Toutes les
femmes dont j'avois été bien traité me défen-
dirent leur maison ; celles qui avoient été dans
la disposition d'en faire autant , les imitèrent, et je me trouvai bientôt privé de toutes
mes connoissances. Je n'étois pas encore venu
à bout de découvrir l'auteur de cette trahison,
et je pensois trop bien de mon ami , pour oser
concevoir le moindre soupçon contre lui : j'é-
tois tout occupé de ma justification, lorsqu'un
soir , en rentrant chez moi , je trouvai mon
hôtesse plongée dans une rêverie qui me
causa

causa beaucoup d'inquiétude ; je lui en demandai le sujet ; elle me répondit froidement
que son mari venoit de recevoir une lettre de
M. Bouling, mon oncle, à qui il étoit arrivé
une affaire très-malheureuse, ce qu'elle avoit
toujours craint, et lui avoit mille fois prédit,
prévoyant à combien d'accidens son caractère brusque l'exposeroit : elle ajouta que,
malgré la disgrace de mon oncle, elle n'en
étoit pas moins disposée à me rendre service,
ce qu'elle me prouveroit dans l'instant même,
si le ciel l'eût mise en état de le faire ; mais
qu'ayant une famille à soutenir, il n'étoit pas
juste qu'elle disposât du bien de ses enfans
en faveur d'un étranger, que je savois bien
que charité bien ordonnée commence par
soi-même, qu'elle me conseilloit en amie de
me mettre en apprentissage chez quelque tis-
serand, ou quelque cordonnier, plutôt que
de m'amuser à des études frivoles qui ne me
conduiroient à rien. J'écoutois ses avis chari-
tables sans y rien répondre ; elle me présenta
deux lettres, que je reçus en tremblant ; la
première, qui étoit adressée à M. Potion,
étoit conçue en ces termes :

Tome I.   G

MONSIEUR,

« Celle-ci est pour vous informer que j'ai
été obligé de quitter le vaisseau que je mon-
tois pour avoir tué mon capitaine ; ce que j'ai
cependant fait en brave homme, sur la
pointe du cap Tibéroon, dans l'isle Hispaniola. Notre combat s'est fait au pistolet ; il
m'a tiré le premier sans me toucher ; j'ai été
plus heureux ou plus adroit, il a reçu mon
coup au travers du corps ; je suis, dieu merci, en bonne santé dans cette isle, qui est
habitée par des français dont j'ai tout lieu de
me louer, quoique je n'entende pas leur langage. J'espère obtenir bientôt ma grace par
le moyen de mes amis ; je leur ai envoyé un
mémoire concernant cette affaire pour le présenter à la cour ; je me flatte que Sa Majesté
ne voudra pas qu'un de ses fidèles sujets soit
long-temps privé de son service, et qu'on
fasse contre lui aucune procédure déshono-
rante. Mes complimens à votre femme. Je suis
toujours votre fidèle ami et serviteur.

THOMAS BOULING ».

L'autre lettre, qui m'étoit adressée, contenoit ce qui suit :

CHER RORIK,

« Ne sois point en peine de mon affaire, continue de bien étudier, mon enfant ; je n'ai point d'argent à t'envoyer quant à présent, mais je suis convaincu que M. Potion voudra bien pourvoir à tes besoins, et qu'en conséquence de l'amitié qu'il m'a toujours témoignée, il ne te laissera manquer de rien, jusqu'à ce que je sois en état de reconnoître toutes les bontés qu'il aura eues pour toi. Je n'ai rien de plus à t'apprendre ; ne t'afflige point, sur-tout, et sois persuadé que je serai toujours tout à toi ton oncle.

THOMAS BOULING ».

Cette lettre, aussi bien que l'autre, étoit datée du Port-Louis, dans l'isle Hispaniola. M. Potion entra lorsque je les tenois encore l'une et l'autre à la main ; je lui communiquai la mienne ; mais l'ayant lue, il me dit en secouant l'oreille, je considère infiniment M. Bouling, et ce seroit absolument me faire

G 2

tort d'en douter; je suis persuadé que s'il étoit jamais en état de me satisfaire, il le feroit avec toute l'exactitude possible; mais je suis fâché de vous dire que les temps sont si durs, que je ne puis absolument vous rendre le service qu'il exige de moi; l'argent est si rare que je ne puis en arracher; je crois, Dieu me pardonne, qu'on l'enterre; il y a cependant un mois que je vous nourris sans qu'il soit question d'argent entre nous. Dieu sait si j'en aurai jamais un denier; je vous l'avoue, j'étois déterminé, quoiqu'avec peine, à vous donner congé, tant pour cette raison que parce que j'ai besoin de votre chambre pour un apprenti qui doit m'arriver incessamment de la campagne, ainsi vous me ferez plaisir de vous chercher un logement dans la semaine.

Je fus si choqué de ce discours; que, sans penser au peu de ressources que j'avois, je lui dis avec indignation, que bien loin de vouloir lui être à charge, je mourrois plutôt de faim que de lui avoir obligation d'un seul repas, et que je le méprisois trop pour rester un instant de plus dans sa maison; je lui

payai sur-le-champ tout ce que je lui devois ,
et je sortis de chez lui dans un accablement
et un désespoir que je ne puis exprimer. Je ne
savois où donner de la tête, il ne me restoit
plus qu'une seule guinée en bourse ; cependant , quand mes premiers transports furent
calmés , j'allai louer une petite chambre gar-
nie , sur le pied d'un scheling et demi par
semaine ; je fus obligé de payer d'avance ,
l'hôtesse ne voulant pas me recevoir sans cette
condition ; j'envoyai chercher mes hardes
chez l'apothicaire , et je les y fis transporter ;
je me couchai sans boire ni manger, et passai
sans dormir la plus cruelle des nuits ; je me
levai pour aller rendre visite à un homme
très à son aise , avec lequel j'avois fait connoissance , et qui m'avoit fait mille offres de
service , dans un temps où je n'en avois aucun besoin.

Dès qu'il me vit, il me fit l'accueil le plus
obligeant , et m'embrassa comme si j'eusse
été la personne qu'il eût le plus aimé. Il voulut avant tout que nous déjeûnassions ensemble ; j'augurai de ses caresses qu'il accep-
teroit généreusement la proposition que je

venois lui faire dans mes malheurs ; je lui
contai en déjeûnant les raisons qui m'obli-
geoient à lui rendre visite ; j'eus encore assez
de bonne foi pour attribuer à son bon cœur
l'air chagrin et déconcerté que je lui voyois
prendre pendant mon récit ; mais il ne me laissa
pas long-temps dans l'erreur : car lui ayant
aussi raconté la scène qui s'étoit passée entre
l'apothicaire et moi , il fronça le sourcil , et
me répondit d'un ton sévère : Comment
donc , monsieur , ne sentez-vous pas le tort
que vous avez eu de traiter avec tant de hauteur un homme qui vous parloit si raisonnablement? Ce langage me fit tomber de mon
haut ; je lui répondis avec un peu de hauteur,
que j'étois surpris d'un procédé si lâche et si
contraire à l'humanité. L'aigreur de ma réplique fournit à cet insolent personnage un
prétexte spécieux pour me congédier et me
défendre sa maison ; j'y souscrivis volontiers,
en lui protestant , que si je l'eusse connu du
caractère dont il étoit , il n'auroit jamais
été dans le cas de me faire un pareil compliment.

J'étois en chemin pour retourner chez moi,

lorsque je rencontrai Gawky, mon ancien
camarade d'école, que son père avoit envoyé
à la ville pour y faire ses exercices et se former dans le monde. Comme depuis son arrivée nous vivions ensemble avec toute l'affection et l'intimité de deux anciens amis, je
l'informai sans scrupule de l'état où je me
trouvois, et le priai instamment de me prêter quelqu'argent pour m'aider à subsister. Il
tira de sa poche cinq ou six schelings avec
quelque monnoie, en m'assurant que c'étoit
tout ce qu'il possédoit pour vivre quatre ou
cinq jours, ayant perdu la veille la plus
grande partie de son argent au billard. Quoique cela pût être, l'air froid avec lequel il
me donna cette excuse, et le peu de part
qu'il parut prendre à mon malheur, me fit
douter de sa sincérité : je lui tournai brusquement le dos sans lui répondre ; mais
ayant appris, deux ou trois jours après, que
c'étoit lui qui avoit aidé mes cousines à ré-
pandre les bruits désavantageux qui m'avoient
privé de mes connoissances, et qui les avoit
instruites de la triste situation où j'étois réduit, ce qui les faisoit triompher à mes dé-

pens, je résolus d'en tirer vengeance. Je lui
envoyai donc un cartel, par lequel je lui in-
diquois l'heure et le lieu où je prétendois le
punir de sa perfidie. Il accepta ce défi pour le
lendemain. Je me transportai sur le lieu ; j'a-
voue cependant qu'en y allant je sentis beaucoup d'émotion, et que je souffrois intérieurement tous les combats que l'on éprouve aux
approches d'une première affaire ; mais le
désir de me venger, la honte de me rétrac-
ter, et l'espoir de la victoire l'emportèrent
sur mes craintes. J'étois arrivé au rendez-vous
une heure avant le moment indiqué ; j'attendis vainement le reste de la journée, mon
ennemi ne parut point. J'avoue encore franchement que je ne fus pas fâché de ce qu'il
m'avoit manqué de parole ; j'oubliai ma situation présente, pour ne penser plus qu'à
tirer parti de la démarche que j'avois faite,
en publiant par-tout la lâcheté de mon adversaire. Quoiqu'il ne me restât plus qu'un
bord de chapeau d'argent à vendre, dont le
prix-suffisoit à peine pour payer le loyer de
ma chambre, je ne laissai pas que d'en sa-
crifier une partie, pour faire insérer cette
affaire dans les nouvelles publiques.

CHAPITRE VII.

Roderik est obligé d'entrer, en qua-
lité de garçon , chez M. Crab, apo-
thicaire envieux de M. Potion.,
Portrait de cet homme , et son
caractère. Roderik lui devient né-
cessaire. Un accident oblige M.
Crab à donner de l'argent à Rode-
rik , qui part pour Londres.

LA dépense que j'avois faite pour satisfaire
mon ressentiment et ma vanité , me jeta deux
jours après dans un embarras extrême. Mon
hôtesse me pressoit sans relâche , et me faisoit
payer par ses importunités la sottise que j'a-
vois faite. Je courois toute la ville , sans projet et sans espoir de ressource ; tous ceux
qui m'avoient flatté de leur amitié, tournoient
les yeux à mon aspect, et me fuyoient comme
un pestiféré.

Enfin, j'étois réduit au désespoir, lorsqu'un matin l'on vint me dire qu'une personne m'attendoit dans un café ; j'y courus sur-le-champ, j'y trouvai un homme près d'une table, qui buvoit seul du popin. Il me dit, en me prenant la main, que c'étoit lui qui m'avoit envoyé chercher, qu'il se nommoit Ansel-Crab, et qu'il étoit apothicaire et chirurgien de la ville. Avant de rendre compte au lecteur de son dessein, je crois devoir faire le portrait de cet homme, et donner quelqu'idée de son caractère.

Il paroissoit âgé d'environ cinquante ans, de la taille de cinq pieds, à-peu-près ; mais son ventre en avoit au moins dix de circonférence ; son visage étoit comme une pleine lune, son teint ardent et plombé ; et son nez, copieux et rouge comme une bétrave, ombrageoit une bouche des plus étendues, deux petits yeux gris et louches se cachoient sous deux gros sourcils fort épais. Il haïssoit mortellement l'apothicaire Potion, qui, quoique plus jeune que lui, faisoit infiniment mieux ses affaires. Comme ce dernier avoit entrepris avec succès un malade que

M. Crab n'avoit pu guérir, celui - ci ne pouvoit le regarder de bon œil. Quelques amis communs avoient cependant tenté de les raccommoder : ils y auroient peut - être réussi, mais leurs femmes s'étant rencontrées dans une noce, s'injurièrent respectivement ; elles en vinrent même aux voies de fait, avec un acharnement qui fit désespérer les médiateurs de pouvoir jamais rétablir la paix entre les deux parties.

La crise étoit dans sa fermentation la plus vive, lorsque M. Crab m'envoya chercher. Il me reçut aussi poliment que je le pouvois attendre d'un homme de son caractère. Après m'avoir fait asseoir à côté de lui, il me demanda pourquoi j'avois quitté son confrère Potion. Je lui racontai mon histoire. « Voilà un grand faquin, me dit - il, cela ne m'étonne pas de sa part ; c'est un cagot qui a l'ame noire comme Barrabas. S'il fait mieux ses affaires qu'un autre, c'est qu'il sait mieux faire le patelin. Vraiment, vraiment, tous ces cafards sont de bons hypocrites : c'est un crasseux d'ailleurs et un vilain ».

M. Crab fut interrompu dans cet endroit
par un ivrogne qui venoit d'entrer, et qui
s'étoit assis à côté de lui. « Vous avez raison, mon compère, dit-il ; c'est un ladre,
qui refuse chaque jour de boire bouteille
avec ses amis ; vive moi, je suis un bon vivant, je bois avec tous ceux qui en ont envie. Je n'ai vu Potion gris qu'une seule
fois en ma vie, encore n'étoit-ce pas à ses
dépens, puisque nous dînions ensemble chez
un ministre. Personne au monde n'a le vin
si dévot que ce bigot-là : il nous récita les
deux tiers de l'office *ex tempore* ». Après ce
panégyrique, Crab reprit la parole, et s'a-
dressant à moi, « j'ai entendu parler de vous
comme d'un honnête garçon, me dit-il, je
veux faire quelque chose pour vous, envoyez
chercher vos hardes, et faites-les porter chez
moi, j'ai donné des ordres pour que vous
soyez bien reçu ». Comme mon amour-propre
me faisoit encore hésiter d'accepter la proposition de Crab. « Quoi donc, me dit-il,
d'un ton brusque ; vous balancez ; allez au
diable, si cela ne vous convient pas ; vous
moquez-vous de moi » ? Je lui répondis avec
soumission,

soumission , que, loin d'être insensible à
ses offres , je lui en étois au contraire fort
obligé ; mais que je le priois de me dire sur
quel pied il prétendoit que je demeurasse
chez lui. « Sur quel pied , répliqua-t-il ,
parbleu la question est belle et bonne !
vous faut-il un valet de chambre avec un
équipage? Non mon cher monsieur, lui ré-
partis-je , il s'en faut bien que je pense de
la sorte ; la seule grace que je vous demande ,
c'est de me recevoir en qualité de garçon de
boutique , je suis en état de vous en tenir lieu.
Je sais un peu de pharmacie, et j'ai peut-être
même autant d'acquit en cet art que M. Potion.
Je me suis d'ailleurs appliqué quelque temps
à la chirurgie, pour ma propre satisfaction.
Oh ! voilà de nos grands docteurs , s'écria
M. Crab , en élevant les bras, et ouvrant
une bouche d'un demi-pied de diamètre ; il
a peut-être lu deux ou trois livres de chirurgie , et croit déjà tout savoir. Vous imaginez-vous être au fait du mouvement des mus-
cles , et connoître le méchanisme des nerfs
dans le cerveau ? avec le..... je voudrois
bien vous y voir. Vous êtes en état, n'est-

ce pas, de faire une saignée, de donner proprement un clistère ; d'appliquer un emplâtre, et de composer une potion » ! J'assurai M. Crab que j'étois en état de faire parfaitement toutes ces opérations. Dieu le veuille, me dit-il, en secouant la tête d'un air incrédule, si cela est, on peut tirer de vous quelques services : en considération de tous ces talens, je consens de vous recevoir chez moi par charité ; les profits de ma boutique vous tiendront lieu de gages.

Ma situation ne me permettoit pas de balancer : j'acceptai la proposition. Ce marché conclu, nous sortîmes du café, et je le suivis dans sa maison. Mon amour-propre souffroit infiniment de l'état où je me voyois réduit : nous arrivâmes à la maison de M. Crab, on établit mon domicile dans un grenier ; quoique ce logement ne fût pas absolument de mon goût, je bénissois cependant le ciel de me l'avoir procuré. Je fus installé dans ma boutique, et je connus quelques jours après les motifs qui avoient engagé M. Crab à me prévenir : sa générosité apparente à cet égard, étoit une cri-

tique tacite de la dureté de Potion , et la
comparaison sur cet article lui faisoit beaucoup d'honneur parmi ses connoissances. Son
garçon , d'ailleurs , étoit mort depuis peu
des suites de sa brutalité , et il avoit absolument besoin de quelqu'un qui fût au fait
de sa profession , pour le remplacer.

M. Crab étoit l'homme du monde le plus
brutal et le plus emporté ; sa femme essuyoit
tous les jours mille duretés de sa part. Il étoit
si fort attaché à ses opinions , qu'il se brouil-
loit avec ses meilleurs amis , lorsqu'ils osoient
le contredire ; et quand une fois il prenoit
querelle avec quelqu'un , il étoit impossible
de l'appaiser, sur-tout lorsqu'on prenoit vis-
à-vis de lui le parti de la soumission et de la
douceur. Quand une fois je connus son caractère , je sentis bien , que pour gagner
quelque chose sur lui , il falloit prendre un
ton ferme et déterminé.

Un jour , donc , que pour une cause très-
légère , il me traitoit d'ignorant , et de gredin , je lui répondis fièrement , que je n'étois
pas un ignorant , puisque je m'acquittois de
mon devoir avec assez de capacité , pour le

défier lui-même de mieux faire. Que quoique
j'eusse un, fort mauvais habit, il n'ignoroit
pas que je n'étois pas non plus un gredin, et
que je valois mieux que lui par la naissance
et par les sentimens. M. Crab, irrité du ton
dont je lui parlois, leva sa canne, et menaça de me frapper, si je continuois de lui
répondre. Quoique je craiguisse qu'il ne le
fît effectivement, je me jetai sur le pilon
du mortier, et lui jurai que s'il s'avisoit
de me donner un seul coup, je lui en paye-
rois l'intérêt au double. Comme je sentois
que cette scène devoit décider sur l'avenir,
et régler désormais notre façon de vivre ensemble, je joignis le geste à l'action, et
j'avois le bras levé pour riposter en cas de
besoin. Crab, tout interdit, resta quelque
temps immobile et sans dire mot; enfin,
abaissant prudemment sa canne, il me parla
de la sorte. « Parbleu, voilà une jolie façon
de vivre avec son maître, vous êtes un garçon bien docile et bien respectueux; en
vérité, vous êtes un mignon tout aimable;
a-t-on jamais vu rien de plus indigne; mais
ne t'embarrasse pas, vas, je te montrerai

ce que c'est que de lever la main sur moi „ ?
Il sortit ensuite tout écumant de rage , en
jurant comme un porte-faix.

Je craignois beaucoup que cette scène ne
me fit donner mon congé ; j'étois dans des
inquiétudes mortelles, et je pensois au moyen
de me tirer d'affaire , au cas qu'on me mît
dehors , lorsque M. Crab rentra avec un air
riant. Il fit servir le dîner , pendant lequel il
ne parla point du tout de notre affaire , et
me fit donner un verre de punch à mon dessert. Enfin, la fermeté que j'avois fait paroître
dans notre dispute, m'acquit un tel ascendant
sur son esprit, que dans la suite il ne juroit
plus que par moi , qui lui étoit devenu très-
utile , en ce que je dirigeois sa boutique
avec plus d'intelligence que lui-même. Mon
assiduité sur laquelle il comptoit , faisoit
qu'il ne s'embarrassoit de rien , et qu'il passoit librement les deux tiers du jour au cabaret.

Je m'appliquai extrêmement de mon côté
à acquérir toutes les connoissances nécessaires à la profession que j'exerçois, et j'y réus-
sis au-delà de mes espérances. Je m'étois

acquis aussi la bienveillance de madame
Crab, en médisant beaucoup de madame
Potion, son ennemie capitale. Je la plaignois
aussi de temps en temps, de ce qu'elle avoit
à souffrir de la brutalité de son mari : ce
qui m'attiroit de sa part des marques d'attention auxquelles je n'eusse pas osé pré-
tendre.

Je vécus de cette façon pendant deux
ans, sans entendre parler de mon oncle ;
mes malheurs et mes réflexions m'avoient
rendu mélancolique et froid ; je ne voyois
personne. M. Crab ne me donnoit point de
gages ; les profits de la boutique suffisoient
à peine pour mon entretien. Ma mauvaise
fortune m'avoit fait perdre cette confiance
en mon mérite, sur lequel j'avois fondé mes
plus hautes espérances. J'étois convaincu par
mes malheurs combien les gens heureux doivent peu se confier aux caresses qu'on leur
fait. La modestie avoit succédé dans mon
esprit à l'étourderie et à la fatuité, j'étois
devenu insensible à mon état présent. Ma
misanthropie m'empêchoit de regretter les
agrémens dont j'avois joui dans un com-

merce assez brillant , et je ne considérois plus les choses que d'un œil philosophique. Cette métamorphose me rendoit méconnoissable aux yeux de tout le monde ; et j'étois devenu si fort le maître de mes passions, que Gawky crut pouvoir reparoître dans la ville, sans rien avoir à craindre de mon ressentiment. Je le vis effectivement avec toute l'indifférence d'un homme qui n'avoit aucune raison de le haïr ni de l'aimer.

Quand je crus cependant pouvoir tirer un meilleur parti de mes talens , que celui d'être garçon de boutique, il me prit envie de voyager ; mais un obstacle insurmontable s'y opposoit ; je n'avois pas d'argent , et je ne savois comment faire pour en avoir. M. Crab n'étoit pas assez généreux pour contribuer à ma satisfaction. Je lui étois d'ailleurs trop utile pour pouvoir espérer qu'il prêteroit l'oreille à ma proposition ; mais un heureux hasard l'y contraignit.

La servante de la maison s'étoit apperçue qu'elle portoit, dans son sein , le fruit d'un commerce libidineux, auquel je savois que M. Crab avoit tout autant de part que moi.

Comme j'avois prévu cet événement , j'eus
aussi la prudence de n'en point faire paroître de jalousie ; et lorsque cette fille vint
me dire qu'elle ne pouvoit imputer qu'à moi
l'état dans lequel elle étoit , et qu'il falloit
que je consentisse à l'épouser , ou à la dédommager , par quelque somme d'argent ,
de la perte de son honneur : comme, ni l'une
ni l'autre de ces propositions ne me conve-
noit , je lui dis ce que je savois de son commerce avec M. Crab ; je lui reprochai sa
perfidie ; je passai des reproches aux caresses ;
je lui fis envisager en même temps que mon
indigence étoit un obstacle à notre union ,
mais qu'il ne tenoit qu'à elle de tirer un
meilleur parti de sa situation , en faisant tomber tout le poids de l'accusation sur M.
Crab. Elle goûta mes avis ; et, dès le lendemain , elle l'informa du succès de leur
amour clandestin.

M. Crab , qui n'auroit jamais imaginé que
ses facultés s'étendissent jusques-là, fut frappé de cette nouvelle comme d'un coup de
foudre : il en prévit les fâcheuses conséquen-
ces , et résolut de les prévenir , non qu'il

craignît les reproches de sa femme ; il l'avoit
accoutumée à se taire sur sa conduite, quelque raison qu'elle eût de s'en plaindre ; mais
il craignoit que, si l'aventure transpiroit,
l'apothicaire Potion n'en prît avantage contre
lui. Il voulut donc persuader à sa servante
qu'elle n'étoit pas enceinte, et que la situation dans laquelle elle se trouvoit, étoit
commune à toutes les filles de son âge, et
il lui promit qu'il la guériroit entiérement de
cette incommodité. Il lui fit lui-même une
médecine, qu'il m'ordonna de lui faire prendre, ignorant que je fusse instruit de l'état
de cette fille. Je pénétrai aisément ses intentions ; mais, après avoir averti la prétendue
malade des risques qu'elle couroit, si elle
prenoit rien de la main de son maître, je
jetai la médecine par la fenêtre. Quelques
jours après, M. Crab s'appercevant que son
remède n'avoit fait aucun effet, voulut engager sa servante à le réitérer ; mais elle lui
dit qu'elle n'étoit pas la dupe de son projet, qu'elle ne prendroit rien absolument,
et que, s'il osoit encore tenter de pareils
moyens, elle iroit publier à tout le monde

ce qu'il avoit tant envie de cacher ; que d'ailleùrs le temps naturel de sa guérison approchoit , et qu'elle lui conseilloit de faire ses réflexions.

M. Crab fut donc obligé de changer de batteries. Il entra un jour en conversation avec moi , et me tint ce discours. «Je suis surpris, Roderik , que vous ne pensiez pas mieux à votre établissement ; vous êtes cependant d'un âge assez avancé pour travailler à votre fortune. A dix-huit ans j'étois déjà de retour d'un voyage de Guinée. Vous voyez qu'on arme contre l'Espagne , que ne profitez-vous de l'occasion ? A votre place je me mettrois sur un vaisseau , en qualité de chirurgien ; c'est un fort bon parti ; croyez-moi , vous y pouvez gagner de l'argent ».

J'écoutois ce discours de M. Crab avec autant de surprise que d'attention. Je lui répondis que je ne demandois pas mieux ; mais que ne possédant pas un sol de bien , et n'ayant aucun ami en état de me prêter l'argent nécessaire pour faire le voyage de Londres , j'étois conséquemment hors d'état de suivre ses conseils. N'est-ce que cela, me répondit M. Crab? oh bien, je vous prêterai, moi, non-seulement de quoi faire le voyage de Londres, mais même je vous donnerai de quoi subsister avec honneur dans cette ville, jusqu'à ce que vous ayez acquis un emploi sur quelque vaisseau de guerre. Je remerciai mille fois mon maître de ses offres obligeantes, quoique je sentisse bien que son dessein étoit de profiter de mon départ, pour pouvoir mettre l'enfant de sa servante sur mon compte.

Je partis donc environ quinze jours après pour Londres. Toute ma pacotille consistoit en deux habits, une demi-douzaine de chemises garnies, autant d'autres, des bas, des instrumens de chirurgie de poche, mon étui à lancettes, un Horace, et le traité de chirurgie de Wisman, avec une bourse de dix guinées, que M. Crab m'avoit prêtées, et dont il m'avoit fait faire un billet, portant cinq pour cent d'intérêt. Il m'avoit donné en même temps une lettre de recommandation pour un des membres du parlement, député de notre ville à Londres, par le cré-

dit duquel il m'assuroit que mon affaire réus-
siroit infailliblement.

CHAPITRE VIII.

Arrivée de Roderik à Newcastle. Il
y rencontre Strap, son ancien ca-
marade d'école, qui se détermine
à le suivre à Londres. Ils couchent
faute d'auberge, dans un cabaret
à bière. Aventure qui leur arrive
pendant la nuit.

COMME il n'y avoit point de coche de
notre ville de Londres, et que je n'étois pas
assez riche pour prendre la poste, je partis le
premier novembre 1736, avec des forains,
dont quelques-uns avoient des chevaux de
bagage qui n'étoient pas chargés. Je louai
donc celui qui me parut le moins mauvais,
son bât me servit de selle, et deux grands
paniers suspendus de part et d'autre, me
tenoient

tenoient lieu de bottes. Le pas de ma monture étoit si dur , et j'étois si peu accoutumé à monter à cheval , que je mourrois de froid et de lassitude , lorsque j'arrivai pour dîner à Newcastle. Je pris donc la résolution de continuer le reste de ma route à pied , plutôt que de voyager d'une façon si désagréable.

Ayant dit à l'hôte de mon auberge que je me rendois à Londres , il me proposa de profiter d'une barque qu'il y envoyoit pour charger du charbon , m'assurant qu'elle m'y mèneroit en très-peu de temps. Il me fit observer aussi que ne paroissant pas d'une complexion robuste , et ayant plus de trois cents milles à faire par de très-mauvais chemins , je ne pouvois mieux faire que d'accepter sa proposition.

Comme je devois séjourner le reste du jour pour attendre cette barque , qui ne devoit partir que le lendemain , j'entrai dans la boutique d'un barbier , pour me faire raser. Le garçon qui se préparoit à me raser, m'ayant examiné de la tête aux pieds , à plusieurs reprises , me demanda si je n'é-

tois pas écossais ; je lui répondis qu'oui : il
me demanda ensuite de quel endroit j'étois ;
je satisfis encore à cette question : le pauvre
garçon continua de me parler du pays avec
tant d'émotion , qu'il ne s'appercevoit pas
qu'il m'avoit déjà mis un pouce de savon
sur le visage. Enfin , il me demanda mon
nom , que je lui dis. « Comment , c'est
toi , s'écria-t-il avec transport , mon cher
Roderik ! quoi , tu ne reconnois pas ton ancien camarade d'école , Hugues Strap » ? A
ces mots je laissai tomber le plat à barbe ,
je me jetai à son col ; et , sans considérer
l'état où j'étois, je lui barbouillai le visage ,
et lui restituai , en l'embrassant de tout mon
cœur , une partie du savon qu'il m'avoit mis
sur la face. Cette embrassade comique fit
beaucoup rire le maître et ses garçons.
Quand nos premiers transports furent calmés , je m'assis, pour que Strap achevât
de me raser : mais le pauvre garçon étoit si
ému du plaisir de me revoir , qu'il pouvoit
à peine tenir son rasoir , et me coupa le
visage en deux ou trois endroits. Il étoit si
agité , que son maître fut obligé d'ordonner

à l'un de ses autres garçons d'achever ma barbe ; et pour donner à Strap le temps de se remettre de son émotion, il lui permit d'aller se promener avec moi le reste de la journée.

Nous allâmes sur-le-champ à mon auberge, où je me fis servir de la bière. Je priai Strap de me conter ses aventures depuis notre séparation. Il me dit que son maître d'apprentissage étoit heureusement mort avant l'expiration de son temps ; qu'il étoit venu chercher une boutique à Newcastle, et que, depuis un an, il demeuroit chez un maître dont il avoit tout lieu d'être satisfait, et chez lequel il comptoit demeurer jusqu'au printemps prochain ; que, pour lors, il iroit à Londres chercher une place. Quand je lui eus fait part réciproquement de mes aventures et de mes desseins, il n'approuva point le parti que je prenois d'aller par mer, vu l'inconstance des vents, qui, dans l'hiver, pouvoit alonger de beaucoup mon voyage ; au lieu que, si je voulois faire le chemin par terre, il s'offroit à me tenir compagnie, et à porter mes hardes pendant toute la route ;

que, si nous étions trop fatigués, nous trou-
verions aisément à moitié chemin de Londres,
des chevaux de renvoi, où des chariots qui
nous y conduiroient pour peu de chose. La
proposition de Strap me fit tant de plaisir,
que je l'embrassai tendrement, et le priai de
disposer de ma bourse comme il le juge-
roit à propos ; mais il me dit qu'il avoit
assez d'argent pour faire le voyage, et que,
quand il seroit une fois à Londres, il comptoit assez sur un de ses amis, qui y demeuroit, pour espérer qu'à sa considération, il
me rendroit quelque service.

Cette résolution prise, nous nous propo-
sâmes de partir le lendemain matin à la
pointe du jour ; ce que nous fîmes effectivement, ayant chacun un bâton à la main.
Strap portoit, dans un havresac, mon équipage et le sien. Nous avions cousu notre argent dans la ceinture de nos culottes, nous
réservant seulement quelques monnoies pour
les besoins du voyage. Nous marchâmes avec
vigueur pendant toute la journée ; mais comme
nous ignorions la situation des auberges sur
la route, nous nous trouvâmes si fort éloi-

gnés de celle où nous aurions dû rester
pour coucher, que, par l'avis de quelques
personnes que nous rencontrâmes, nous
nous écartâmes du grand chemin d'environ
un demi-mille, pour aller chercher le couvert dans une petite chaumière où l'on ven-
doit de la bière. Nous y trouvâmes, par hasard, un quincailler de notre village, qui
colportoit des marchandises dans ce canton.
Nous nous associâmes avec lui pour souper,
et l'on nous servit, auprès d'un bon feu,
une omelette au lard, avec d'excellente
bière. Pendant le souper, nous conversions
avec notre hôte et sa fille, qui me parut
jolie, et d'humeur assez traitable. Je crus
m'appercevoir qu'elle m'honoroit de quelques regards de bienveillance; et, si je
n'eusse pas été si fatigué, j'en serois infailliblement venu avec elle à des éclaircis-
semens.

On nous conduisit, sur les huit heures du
soir, dans une chambre à deux lits; le quincailler en prit un; Strap et moi nous nous
accommodâmes de l'autre. Le quincailler,
avant de se coucher, avoit pris la précau-

I 3

tion de fermer la porte en dedans, avec des vis de fer, qu'il portoit toujours sur lui pour cet usage. Il avoit aussi visité tous les coins de la chambre avec beaucoup d'exactitude. Strap et moi, qui croyions n'avoir pas autant d'intérêt que lui à prendre d'aussi sages précautions, nous nous étions couchés et endormis avec toute la sécurité possible. Mais à minúit, je sentis le lit s'agiter sous moi, ce qui m'alarma beaucoup : je voulus réveiller mon camarade, et fus fort étonné de ne plus le sentir à côté de moi : je l'appelai en vain à voix basse : je me levai pour le chercher. A la fin, je le trouvai sous le lit, tremblant de peur, et couvert d'une sueur froide : il me dit, d'une voix entre-coupée, que c'étoit fait de nous ; qu'il savoit, à n'en pouvoir douter, qu'il y avoit un voleur armé de deux pistolets dans la chambre voisine ; et, pour m'en convaincre, il me fit voir, par le trou d'une cloison, qui séparoit cette chambre de la nôtre, un grand coquin, bien découplé, assis auprès d'une table, vis-à-vis la fille de notre hôte. Je prêtai l'oreille à leur conversa-

tion , et je lui entendis prononcer ces paroles
d'un ton terrible :

« Le diable puisse-t-il étrangler ce filou
d'Esmack , pour le tour qu'il m'a joué :
je voudrois lui avoir tordu le cou ; mais ,
morbleu, il s'en rongera les ongles, j'apprendrai à ces gueux-là à me tenir parole ». La
fille de l'hôte faisoit de son mieux pour appaiser la fureur de ce coupe-jarret , en lui
disant que peut-être d'Esmack n'étoit pas
cause que le coche eût été volé par d'autres
que par lui ; qu'au reste , il étoit en état
de lui procurer assez d'autres occasions, qui
le dédommageroient de cette perte. « Tu as
beau dire , ma pauvre Betty , répliqua le
voleur , je veux perdre mon nom de Rifle , si
jamais d'Esmack est en état de me procurer
un si bon butin : je veux être un coquin,
s'il n'y avoit pas plus de quatre cents mille
livres sterling dans le coffre de la voiture ,
qu'on envoyoit de la cour pour la paie d'un
régiment. Presque tous les voyageurs avoient
des bijoux , des montres, des épées , et de
bonnes bourses de guinées. Morbleu ! je perds
ma fortune ; j'aurois eu le moyen , après

cette expédition , d'acheter une compagnie :
vois, mon enfant , ce que tu y perds : tu
aurois pourtant été la maîtresse d'un capitaine ». En disant cela , le voleur coula
sa main dans le corset de la belle , qui s'en
vengea par un baiser des plus impudiques ,
en lui disant : « Console-toi , mon cœur ;
la providence est bonne et sage ; il faut
espérer qu'elle te dédommagera de cette
perte. Mais , dis-moi , n'as-tu point trouvé
du tout à grapiller après ces autres messieurs?
Pas grand chose, répondit Rifle ; je n'ai trouvé
que cette paire de pistolets montés en argent ,
que tu vois ; je les ai pris à un officier , à
qui l'on avoit déjà volé le prêt de son régiment. Je lui ai pris encore une montre d'or ,
qu'il avoit caché dans sa culotte. J'ai pris
deux piastres dans les souliers d'un quakre ,
pendant qu'il s'amusoit à me prêcher la pénitence. J'ai , outre cela , trouvé , dans le
sein d'une jolie fille , une tabatière d'or ,
ornée d'un joli portrait en miniature ».

La conversation du voleur et de l'hôtesse
fut interrompue en cet endroit par le quincailler , qui se mit à ronfler comme un tau-

reau. « Ah ! ventre, lui dit le voleur, d'un ton furieux, je suis trahi. Qui est là » ? Betty, pour calmer ses alarmes et sa colère, lui dit qu'il n'avoit rien à craindre ; que c'étoit trois voyageurs, qui, s'étant écartés du chemin, étoient venus demander à loger, et que c'étoient eux qu'il entendoit ronfler. « Des voyageurs, dit Rifle ! ce sont des espions ; mais puissé-je être écartelé, si je ne les égorge tout-à-l'heure ». En disant cela il fit quelques pas vers notre porte ; mais Betty l'arrêtant par son juste-au-corps, lu représenta que ses soupçons étoient mal fondés, puisque des trois voyageurs, deux étoient de pauvres jeunes écossais, qui paroissoient trop nigauds pour qu'il eût rien à craindre de leur part, et que le troisième étoit un quincailler presbytérien du même pays, qui venoit, de temps en temps, loger dans la maison. Le voleur, appaisé par ses discours, dit, en se rassoyant, et reprenant son verre, qu'il étoit charmé qu'il y eût-là un quincailler, parce qu'il avoit besoin de quelque marchandise.

Strap, effrayé par les mouvemens qu'avoit

fait le voleur, s'étoit de nouveau fourré dessous le lit; j'eus toutes les peines du monde
à l'en faire sortir, et à lui persuader que
nous n'avions rien à craindre. Je crus cependant qu'il étoit à propos d'avertir le marchand
de ce qui se passoit. Je m'approchai de son
lit; et, pour l'éveiller, je le tirai par le bras
assez brusquement ; mais le pauvre homme
s'éveillant en sursaut, se mit à crier au voleur de toute sa force, appelant en même
temps tous les saints du paradis à son secours. Le voleur, alarmé par ce bruit, se
leva brusquement, prit ses pistolets pour
brûler la cervelle au premier de nous qui
sortiroit de la chambre : mais sa dulcinée le
retint encore : elle dit à Rifle que ce marchand avoit coutume de rêver qu'il étoit attaqué par des voleurs ; que toutes les fois
qu'il avoit couché dans la maison, il avoit
fait le même songe, et qu'assurément il rêvoit encore, en ce moment, comme à son
ordinaire.

Strap ayant fait sentir au marchand combien il avoit eu tort de faire tant de bruit,
le pauvre quincailler se tut ; nous en fîmes

autant ; et notre silence , aussi bien que le
discours de Betty , contribua à calmer les
craintes et les fureurs de Riflé. Le quincailler , après avoir fait une longue prière , et
promis fermement à Dieu de ne vendre plus
rien qu'en conscience, s'il daignoit le sauver
des mains du scélérat , vint regarder au
trou de la cloison, par lequel il vit le voleur,
dont la mine rébarbative et patibulaire l'effraya si fort , qu'il alla se tapir dans son
lit , sans oser donner aucun signe de vie.
Heureusement pour lui, le voleur et sa maîtresse s'endormirent : et quand il les entendit ronfler , il se leva tout doucement ; et ,
par le moyen d'une corde , descendit son
ballot dans la cour , avec le moins de bruit
qu'il lui fut possible : cela fait , il vint nous
dire , tout bas , adieu , et prit le même chemin qu'il avoit fait faire à sa marchandise ;
ce qu'il fit sans aucun accident , la fenêtre
n'étant élevée de terre que de cinq ou six
pieds.

Je ne jugeai pas à propos de l'accompagner ; je craignois cependant que le voleur
ne s'en prît à nous , lorsqu'il viendroit à

s'appercevoir de sa fuite, ayant envie, selon toutes les apparences, de s'approprier toute sa marchandise. Mon compagnon étoit encore bien moins rassuré que moi ; il employoit toute son éloquence pour me persuader de suivre l'exemple du marchand, pour échapper, disoit-il, au ressentiment du voleur, qui ne manqueroit pas de se dédommager à nos dépens de ce qu'il perdoit par sa fuite.

Je représentai à Strap qu'il étoit infiniment plus sage de rester ; qu'en nous esquivant, ce seroit persuader à Rifle que nous l'avions découvert, ce qui l'engageroit peut-être à nous poursuivre pour se défaire de nous, et qu'il nous auroit bientôt rejoint, étant à cheval, et nous à pied. Je lui fis observer encore que Betty paroissoit avoir trop d'humanité pour ne pas s'opposer à ce qu'il nous fît aucun mal. Strap convint que j'avois raison ; il se mit au lit, à côté de moi, et nous concertâmes ensemble, à voix basse, sur la façon dont nous nous conduirions, pour ne point faire soupçonner au voleur que nous le connoissions pour ce qu'il étoit.

A peine fut-il jour que Betty entra dans notre

chambre. « Oh ! oh ! dit-elle , il faut que
messieurs les écossais aient bien de la chaleur
de reste , pour coucher ainsi la fenêtre ou-
verte , pendant l'hiver ». Je feignis de m'é-
veiller au bruit qu'elle faisoit ; j'entr'ouvris
le rideau , et demandai qui étoit-là : elle
me répéta à-peu-près la même chose. Je fis
l'étonné , et lui dis que j'avois eu soin de la
fermer avant que de me coucher , et qu'assurément ni moi , ni mon camarade ne nous
étions relevés pour l'ouvrir. « Bon , dit-elle ,
en regardant dans le lit du quincaillier , je
ne suis plus étonnée ; le marchand avec qui
vous avez soupé hier est déniché par la fenêtre. A qui diantre en avoit-il ? je l'ai entendu crier cette nuit comme un fou ». Comment , dis-je , il s'est en allé de la sorte ? Le
coquin ne nous auroit-il pas volé ? Je pris
alors ma culotte ; je comptai ma monnoie
deux ou trois fois : Dieu merci , dis-je , j'ai
tout mon argent. Strap, à son tour, regarda
dans le havresac ; il dit qu'il ne lui manquoit rien. Nous demandâmes à Betty , en
feignant une inquiétude obligeante , s'il ne

lui avoit rien pris : non , répondit-elle , si
ce n'est son écot qu'il n'a pas payé.

Betty sortit en disant cela, et rentra dans
la chambre de son galant , qu'elle trouva
éveillé. Il sauta du lit tout en fureur , lorsqu'elle lui conta la façon dont le marchand
s'étoit esquivé. Il fit mille imprécations contre le pauvre quincaillier , qu'il se promit de
tuer , si jamais il le rencontroit. Le coquin
m'a entendu , disoit - il ; c'est contre moi
qu'il a crié , mais il me le paiera. Puis ,
étant descendu dans la cour, il monta à cheval, et nous le perdîmes bientôt de vue. Son
départ nous fit un vrai plaisir ; Betty nous
fit cent questions plus fines les unes que les
autres , pour découvrir si nous ne soupçon-
nions pas qui étoit Rifle. Nous étions si bien
sur nos gardes , et lui répondîmes , Strap et
moi, d'une façon si simple et si naïve, qu'elle
en fut la dupe.

Nous conversions encore avec elle , quand
tout-à-coup nous entendîmes entrer un cavalier dans la cour. Strap le reconnut pour le
voleur : il fut tellement frappé de cette vue,
qu'il en devint plus pâle que la mort , et

s'écria indiscrétement : ô ciel ! mon cher Random , voilà le voleur revenu. Betty ayant entendu cette exclamation de Strap, lui demanda
ce qu'il vouloit dire : que parlez-vous de
voleur ? pensez-vous que nous en logions
ici ? Quoique j'eusse beaucoup de peine à cacher le trouble où m'avoit jeté l'indiscrétion
de Strap , je lui répondis cependant , en affectant de rire de la peur de mon camarade,
que nous avions rencontré la surveille un
homme à cheval avec des pistolets, que
Strap avoit pris pour un voleur, et que,
depuis, toutes les fois qu'il entendoit le pas
d'un cheval , il croyoit toujours en avoir un
à ses trousses. Betty feignit d'ajouter foi à
ce que je lui disois ; mais je m'apperçus bien
que ma réplique ne l'avoit point du tout dé-
sabusée.

CHAPITRE IX.

Roderik et Strap continuent leur voyage. Ils sont poursuivis par le voleur, qui tire un coup de pistolet à Strap, et lui fait plus de peur que de mal. Le voleur est poursuivi, ce qui sauve la vie à Roderik.

Nous payâmes notre écot, et nous prîmes congé de notre hôtesse, qui m'honora d'un baiser tendre; elle prétendoit apparemment, par ses caresses, nous guérir de nos soupçons. Dès que nous fûmes sortis, nous nous mîmes à marcher avec précipitation, mais en regardant derrière nous à chaque instant. Nous avions déjà fait cinq milles de chemin sans accident, et nous nous en félicitions mutuellement, lorsque nous apperçûmes de loin un cavalier qui venoit à toute bride, nous l'eûmes bientôt reconnu pour le voleur qui nous avoit fait tant de peur. Il s'arrêta vis-à-vis de nous ; et, s'adressant à moi, il me demanda d'un ton formidable, si je savois qui il étoit ; mais j'étois si fort interdit, que je ne pus proférer une parole pour répondre à sa question, qu'il réitéra cinq ou six fois, en jurant de la façon la plus terrible.

Strap voyant que je ne disois mot, se laissa tomber dans une ornière pleine de fange, et bégaya cette prière du ton le plus humble : « Hélas, oui, nous vous connoissons très-bien ; mais, pour Dieu, monsieur le voleur, ayez pitié de deux pauvres diables qui n'ont pas vaillant trente schelings à eux d'eux ». Oh, oh, repartit le voleur, vous me connoissez ! Je jure par mon ame que vous ne déposerez de votre vie contre moi : il accompagna cette réplique d'un coup de pistolet, qu'il tira sur le malheureux Strap. Le pauvre garçon tomba par terre, sans proférer aucune parole. L'état où je voyois mon camarade, le péril auquel j'étois moi-même exposé, m'avoient si fort troublé la

raison , que je ne fis pas le moindre mouvement pour échapper à la fureur de ce scélérat , qui se disposoit à m'en faire autant ,
lorsqu'il apperçut venir à lui quatre hommes
à cheval : à cette vue il piqua des deux , et
s'enfuyant à bride abattue, il me laissa presque sans sentiment , et planté comme un
terme au milieu du chemin. J'étois encore
en cet état , lorsque les quatre cavaliers ar-
rivèrent auprès de moi. J'appris dans la
suite , que l'un des quatre étoit le capitaine
qui avoit été volé la veille , et qui s'excusoit
de ne s'être pas servi de ses pistolets , par
considération pour les dames de la voiture ,
qu'il n'avoit pas voulu exposer au ressentiment du voleur.

Ce capitaine étant arrivé dans la maison
d'un homme de considération de ses amis ,
qui demeuroit sur la route, il l'avoit prié
de lui prêter trois domestiques , pour l'accompagner dans la poursuite du voleur ; ce
fut lui qui me parla , et me demanda d'où
partoit le coup de pistolet qu'il avoit entendu. J'étois encore si stupéfait , que je ne pus
lui répondre : il jeta pour lors les yeux sur

mon camarade, qui ne remuoit point, et qu'il
crut mort aussi bien que moi ; je m'apperçus
qu'il changeoit de couleur à cet aspect : « Messieurs , dit-il , d'une voix entrecoupée, des-
cendons ; sachons un peu quelles sont les
circonstances de ce meurtre. A quoi diantre
voulez - vous vous amuser , lui dit un des
gens de sa suite ? il est bien plus à propos de
courir après l'assassin , et de trouver l'occasion de le prendre ». Quel chemin a-t-il pris,
jeune homme, dit-il, en s'adressant à moi ? J'é-
tois revenu à moi-même ; je répondis à celui
qui m'interrogeoit , qu'il n'étoit tout au plus
éloigné que d'un quart de mille , et qu'étant
bien monté, lui et ceux qui l'accompagnoient,
ils ne pouvoient manquer de le joindre. Je
priai en même temps un de ses gens de
m'aider à transporter le corps de mon camarade dans la maison la plus prochaine ,
où je prendrois les mesures nécessaires pour
le faire enterrer. Ma proposition fit apparemment faire de nouvelles réflexions au capitaine ; la vue d'un homme qu'il croyoit mort
intéressoit sa prudence ; mais comme il alloit
de son honneur de ne pas rejeter la propo-

sition qu'on lui faisoit de poursuivre le voleur, il s'avisa, pour avoir un prétexte spécieux de s'arrêter, de serrer la bride de son
cheval ; et lui appuyant les talons, il lui fit
faire cent haut-le-corps, et autant de sac-
cades ; il marquoit très-fort d'impatience, et
se plaignoit beaucoup du cheval, qu'il ac-
cusoit d'être ombrageux et rétif ; il le ca-
ressoit de la main, et feignoit toutes les inquiétudes d'un homme mal monté ; mais un
des cavaliers, qui connoissoit le cheval ; parbleu, dit-il, M. le capitaine, comment vous
y prenez-vous donc ? mon maître ne monte
jamais d'autre cheval ; c'est le plus doux
de son écurie que cet alezan-là. Il accompagna ces deux mots de deux coups de fouet
vigoureux qu'il appliqua sur la croupe du
cheval, qui le firent partir avec tant de vigueur, qu'en moins d'un demi-quart-d'heure
le capitaine auroit bientôt joint le voleur
malgré lui, si la sangle n'eût rompu. Cet
accident démonta le cavalier, qui pour lors
bénissoit intérieurement le ciel en lui-même,
de lui avoir donné une bonne raison pour
rester en chemin. Les deux cavaliers qui l'ac-

compagnoient continuèrent à poursuivre
Rifle, au lieu de rester à raccommoder l'é-
quipage du capitaine. Celui des trois domestiques qui étoit resté avec moi, pour m'aider
à emporter mon camarade, l'ayant retourné
pour voir sa blessure, fut fort étonné de ne
lui en trouver aucune ; il s'apperçut que le
prétendu mort respiroit encore ; je lui tâtai
le pouls et le cœur, je m'apperçus avec
plaisir que mon ami vivoit encore, et je le
saignai sur-le-champ. Strap revint à lui ;
nous eûmes assez de peine à lui persuader
qu'il étoit encore en vie : quand il en fut
convaincu, nous lui donnâmes le bras, et
le domestique et moi nous le conduisîmes
à une auberge éloignée d'un demi-mille : nous
le mîmes au lit ; le domestique sortit alors
pour aller chercher le cheval du capitaine,
qu'il ramena par la bride avec son équipage,
qui étoit fort endommagé. Le capitaine le
suivoit à pied, et quand il fut arrivé dans
l'auberge, comme il se plaignoit beaucoup
de la contusion qu'il s'étoit faite dans sa
chute, sur le témoignage du domestique,
qui lui vanta beaucoup mon savoir faire, il

me pria de le saigner, et me donna pour ma peine une demi-couronne.

Pendant qu'on préparoit notre dîner, je m'amusai à regarder jouer aux cartes deux paysans, un rat-de-cave, et un jeune homme, dont l'extérieur amphibie m'empêcha de deviner la qualité. On me dit que c'étoit le vicaire d'un village voisin. La partie n'étoit pas égale; les deux paysans jouoient en communauté contre les deux autres, qui ne se piquoient pas d'une conscience scrupuleuse. Un des deux paysans, soupçonnant qu'on l'avoit triché, le reprochoit aux deux escamoteurs; je fus fort surpris d'entendre l'ecclésiastique jurer comme un payen, et protester avec serment qu'il étoit honnête-homme. Lorsque le campagnard fut revenu de son opinion, l'ecclésiastique, pour dissiper tout-à-fait sa mauvaise humeur, se mit à chanter des chansons libres, d'un ton aussi gaillard qu'indécent; et, pour dédommager les dupes de la perte de leur argent, il tira de sa poche un petit violon, dont il se mit à jouer, pendant que d'autres chantoient de tout leur cœur; puis, pour rendre la fête plus com-

plette , le joyeux vicaire les fit danser avec
les filles de l'auberge, et quelque mal qu'elles
s'en acquittassent , le violon n'en étoit sûrement pas moins bien payé. J'avois pris part
à la fête , et nous étions fort en train de danser ; mais nos plaisirs furent interrompus par
l'arrivée d'un gros homme , qui vint descendre de cheval dans la cour de l'auberge.

Dès que le vicaire l'eut apperçu , il remit
son violon dans sa poche , et nous dit à voix
basse : Dieu me pardonne , mes amis , voilà
notre gros cochon de docteur qui arrive ; il
partit en disant cela, et s'en fut au-devant du
ministre , lui tint l'étrier pour descendre de
cheval et l'embrassa. Quand il fut descendu ,
il lui demanda , du ton le plus cordial et le
plus affectueux , des nouvelles de sa santé
et de celles de toute sa famille. Le pasteur,
qui étoit un homme d'environ cinquante ans ,
et qui étoit un de ces enfans gâtés de l'é-
glise , après avoir déchargé son cheval du
poids de son énorme individu , le remit au
vicaire pour le conduire à l'écurie. Il entra
dans la cuisine avec la gravité d'un archevê-
que qui officieroit pontificalement ; il se mit

auprès du feu sans regarder personne, demanda une bouteille de bière et une pipe ; il
ne répondoit que par des signes de tête orgueil-
leux, et par des gestes de protection, aux
politesses de ceux qui lui demandoient des
nouvelles de sa santé, se tenant debout devant la cheminée, et présentant alternativement le nez et le derrière au feu, sans proférer une seule parole. Le vicaire en entrant
lui fit une révérence la plus respectueuse du
monde, et lui demanda très-humblement
s'il ne voulait pas nous faire l'honneur de
dîner avec nous ; le pasteur répondit pesamment que non, qu'il venoit de boire jusqu'au
nec plus ultrà avec M. Rubicon, et qu'il avoit
dit, en passant devant sa maison, à mademoiselle Loviat (c'étoit le nom de sa gouvernante) qu'il reviendroit dîner. Quand il eut
fini sa bouteille et la pipe, il sortit de la
cuisine, avec autant de gravité qu'il y étoit
entré, monta à cheval et partit avec son
valet.

A peine étoit-il sorti, que son vicaire entra
dans la cuisine, en sautant comme un pou-
lain. « Dieu merci, dit-il, le vilain est sorti,
                                         puisse

puisse le diable en faire son gibier ! Vous
voyez , messieurs , comme va le monde ; ce
gros pourceau ne gagne pas l'eau qu'il boit ;
il a cependant deux bénéfices , qui lui valent
quatre cents livres sterlings , tandis que moi ,
qui n'en ai que vingt pour tout revenu , je
suis obligé de faire tout son ouvrage , et
d'aller tous les dimanches prêcher dans une
paroisse située à plus de vingt milles de mon
logis : je ne me crois pas plus merveilleux,
qu'un autre ; mais il m'est bien permis d'être
persuadé que je mérite un bon bénéfice , autant que cet épicurien qui dort , boit et
mange à son aise , et tout son saoul : je ne
veux rien dire de madame sa gouvernante ,
elle passe pour sa parente (il a raison , il
faut éviter le scandale) ; d'ailleurs , les re-
venus de l'église ne doivent être employés
qu'à de bonnes œuvres ; ils ne nous appar-
tiennent point , ils ne nous sont donnés que
pour en faire part aux malheureux , et nous
ne devons en prendre que pour notre nécessaire , sans y admettre aucun superflu. Bu-
vons toujours pour m'en consoler. A votre
santé , monsieur , me dit - il , en se ver-

sant ». Nous nous mîmes à table, à l'exemple du vicaire ; on nous servit, et nous dînâmes gaiement et de bon appétit. Le dîner
fini, comme chacun se disposoit à payer son
écot, le vicaire sortit sous prétexte de quelque besoin, monta à cheval et partit laissant
son contingent à payer aux deux campagnards.
Comme ils s'informoient de ce qu'il étoit devenu, le valet d'écurie, qui entra pour lors,
dit qu'il l'avoit vu prendre le chemin de chez
lui. « Bon, bon, dit le commis, en ho-
chant la tête, je reconnois bien là maître
Shuffle, ce sont de ses tours ordinaires ; j'ai
eu toutes les peines du monde à m'empêcher de rire, quand il a proposé de nous
régaler ; c'est un drôle qui s'est diablement
dessalé pendant le temps qu'il a demeuré
avec le jeune milord Triffle ; je ne crois pas
qu'il y ait au monde un filou plus effronté
que ce drôle-là ; il a cependant frisé la corde,
pour s'être avisé de voler les habits de son
maître, qui s'est contenté de lui donner des
coups de bâton, au lieu de le faire pendre,
parce qu'il savoit quelques anecdotes scandaleuses de sa conduite ; c'est pourquoi il

s'est cru obligé de le ménager ; mais , ma
foi , sans cela le gaillard eût fait le saut :
j'ai appris tout ce que je vous dis-là, chez le
Lord Ratffle , dont j'étois le valet de chambre , et qui étoit l'ami le plus intime du
maître de Shufle. Ce seigneur , pour s'en dé-
barrasser , sans le mettre cependant en état
de lui nuire , lui a fait prendre l'état ecclésiastique , l'a mis auprès du curé que vous
venez de voir , qui ne lui donne , à la vérité , pas grand-chose ; mais son adresse sup-
plée parfaitement au défaut de son revenu ;
il tire d'ailleurs très-bien parti de ses talens ,
il est assez amusant en compagnie ; et comme
il joue passablement du violon , il est ordinairement bien reçu par-tout où il se présente ; je crois qu'à dix lieues à la ronde on
ne trouveroit pas son pareil pour escamoter
une carte ; aussi , où l'a-t-on jamais vu perdre au jeu ? Comment donc , reprit un des
paysans qui avoit joué avec lui , ce fripon-
là nous a donc trichés ? Pourquoi donc continua-t-il en s'adressant, au rat-de-cave , n'a-
vez-vous pas été assez honnête-homme pour
nous avertir » ? Le maltotier répondit que

ce n'étoit pas ses affaires ; qu'au reste il ne
devoit pas ignorer que Shufle étoit un coquin, puisqu'il étoit connu pour tel dans
tout le pays». Ces raisonnemens ne satisfirent
point les paysans ; ils taxèrent le maltotier
d'avoir participé aux friponneries du vicaire,
et lui demandèrent la restitution de ce qu'il
leur avoit gagné avec lui ; le commis le refusa ; protestant que, quoique Shufle fût
ordinairement un fripon, il s'étoit conduit
en honnête-homme dans la partie qu'ils
avoient faite ensemble, et qu'il l'attestoit sur
sa conscience : cela dit, le commis paya son
écot et partit. Le cabaretier le suivit de l'œil,
et dès qu'il lui parut suffisamment éloigné ;
«Dieu me bénisse, dit-il, à tous péchés mi-
séricorde ; je le veux croire, mais ce fripon
de monopoleur en aura plus besoin que personne ; je vous aurois bien avertis, dit-il, en
s'adressant aux paysans, mais vous savez que
les cabaretiers ont tout à craindre de ces co-
quins de rats-de-cave ; tout ce que je puis
vous dire, c'est que le ministre Shufle et celui-ci dans une balance, ne l'emporteroient
pas l'un sur l'autre d'un grain en filouterie ;
n'en parlez pas au moins».

CHAPITRE X.

Le voleur est arrêté. Strap et Rode-
rik sont retenus pour déposer contre
lui. Il se sauve pendant la nuit.
Les deux voyageurs arrivent dans
une autre auberge. Ils sont réveil-
lés pendant la nuit par une appa-
rition effrayante. Ils couchent le
lendemain chez un maître d'école.
Comment ils y furent reçus.

Nous étions sortis de l'auberge , et nous
continuions notre route , lorsque nous vîmes
venir vers nous une troupe de gens qui faisoient de grands cris , au milieu desquels étoit
un jeune homme à cheval, qui avoit les mains
liées derrière le dos. Nous le reconnûmes pour
le voleur qui nous avoit attaqués , et qui ,
n'étant pas si bien monté que les cavaliers
qui avoient laissé le capitaine sur le grand

L 3

chemin, avoit été heureusement arrêté par
ces deux hommes. Une foule de paysans,
ravis de cette capture, les accompagnoit,
pour les aider à le conduire au juge de paix,
qui demeuroit dans un village voisin. Les deux
cavaliers rentrèrent dans l'auberge, pour re-
joindre leurs compagnons et se rafraîchir.
Nous retournâmes sur nos pas par curiosité.
On fit descendre le voleur de cheval : il étoit
gardé par une foule de paysans armés de
fourches. L'air soumis et consterné de ce coquin, qui, un instant auparavant, avoit
une contenance si terrible et si déterminée,
me surprit, et je me sus mauvais gré d'avoir
eu tant de peur d'un scélérat, en qui les approches de la mort opéroient une telle métamorphose.

Strap, qui en fut aussi frappé que moi,
s'enflamma pour lors d'une colère toute martiale contre le voleur, et lui proposa de se
battre au poing ou au bâton contre lui ; il
proposa une guinée pour prix de la victoire,
et commençoit à se déshabiller. Je l'empê-
chai cependant de le faire, lui représentant
que la justice nous vengeroit bien mieux que

Son courage , et qu'il ne courroit aucun risque
de perdre son argent en la laissant faire.
Nous eûmes cependant lieu de nous repentir
de nous être amusés ; car , lorsque nous
nous disposions à partir , nous fûmes ar-
rêtés par ceux qui avoient pris le voleur ; ils
nous obligèrent à les accompagner , pour déposer contre lui.

Heureusement , l'endroit où l'on devoit le
conduire étoit sur notre route , et nous arrivâmes, avec le voleur , avant la fin du jour ,
à l'endroit de sa destination. Par malheur
pour nous , le juge étoit allé voir un seigneur , qui demeuroit dans un château voisin , chez lequel il devoit coucher. Ce contre-
temps nous fit craindre d'être obligés de séjourner ; mais à peine y avoit-il deux heures
que nous étions arrivés , que le voleur , par
sa fuite , nous tira d'inquiétude. Comme on
l'avoit enfermé dans un grenier élevé de trois
étages , dans lequel on le croyoit parfaitement emprisonné , il sortit par la fenêtre ,
et de toits en toits il gagna une maison voisine , dans laquelle il se cacha , jusqu'à ce
qu'il pût risquer d'en sortir sans être apperçu.

Lorsqu'on voulut lui porter à manger, on ne le trouva plus. Son évasion fit beaucoup de peine à ceux qui l'avoient pris, parce qu'ils se voyoient privés par-là de la récompense que sa capture leur avoit acquise. Quant à nous, on nous laissa la liberté de continuer notre route ; et nous résolûmes de marcher ce jour-là, le plus vîte et le plus long-temps qu'il nous seroit possible, pour regagner le temps que nous avions perdu.

Nous marchâmes donc pendant tout le jour, et nous arrivâmes à la nuit dans une petite ville, à vingt milles de l'endroit d'où nous étions partis le matin, sans avoir rencontré le moindre accident qui pût nous arrêter dans la route. Mais je me trouvai si fatigué, lorsque nous fûmes entrés dans une auberge de cette ville, que je désespérai de pouvoir me remettre en route avant trois ou quatre jours. Je priai donc mon camarade de me trouver des chevaux de renvoi, ou quelqu'autre voiture à bon marché, pour partir le lendemain. Il n'en trouva point ; mais il apprit que le coche de Newcastle devoit séjourner le lendemain à quelques lieues de la

ville , et que nous pourrions le joindre le
même jour ou le surlendemain. Cette heureuse découverte me mit de la meilleure humeur du monde. Nous soupâmes Strap et
moi avec beaucoup d'appétit : on nous conduisit après notre souper dans une chambre,
dans laquelle il y avoit deux lits. Nous n'en
eûmes cependant qu'un , l'autre étant destiné pour un autre voyageur , soi-disant officier, et qui soupoit dans la chambre voisine. Comme il n'y avoit point d'autre lit
dans l'auberge , nous couchâmes ensemble
Strap et moi , après avoir pris la précaution
de mettre notre équipage sous le chevet de
notre lit.

Nous dormions profondément, lorsque vers
l'heure de minuit, nous fûmes éveillés en sursaut par un bruit étonnant, et qui nous fit
grande frayeur à tous les deux : on crioit à
perte de gosier, *main-forte* , *tue* , *passe-moi ta*
hallebarde au travers du corps de ce coquin-là ; je
vais brûler la cervelle à l'autre. Strap, mourant
de peur , se jeta en bas du lit, en criant *au feu*
de toutes ses forces. Il rencontra par hasard,
au milieu de la chambre, l'homme qui crioit

si fort, ce qui l'effraya tellement, qu'il en tomba demi mort par terre, en criant au voleur, et qu'on l'assassinoit. Toute la maison fut dans l'instant en alerte : j'ouvris la porte de la chambre ; vingt personnes y entrèrent dans un état aussi risible qu'indécent : on apporta enfin de la lumière, et dès qu'on se vit, on sut bientôt la cause de ce tintamarre. L'officier qui couchoit dans notre chambre, étoit étendu sur le plancher, sur lequel il avoit passé la nuit : les cris de Strap, et de ceux qui y étoient accourus, l'ayant réveillé, il demanda en ouvrant de grands yeux effarés, d'où venoit tout ce tapage. On lui demanda à lui-même la raison pour laquelle il étoit couché sur le plancher, et si c'étoit pour faire mourir de peur le pauvre Strap, qu'il lui avoit donné une si chaude alarme. L'officier, ou plutôt le sergent, car c'en étoit un, répondit : qu'étant venu faire des recrues dans le pays, il avoit engagé la veille deux paysans ; qu'il rêvoit qu'ils s'étoient mutinés contre lui; que c'étoit-là la raison du bruit qu'il avoit fait. Quant à ce qu'il étoit par terre, il ne se souvenoit pas trop des raisons qu'il avoit eues de s'y mettre, et que probablement on ne devoit s'en prendre qu'à son souper de la veille ».

Quand notre peur fut une fois calmée, que la curiosité des assistans fut satisfaite, et qu'ils eurent amplement ri de l'aventure, ils jetèrent les yeux les uns sur les autres. Presque tous étoient en chemise; notre hôtesse seulement s'étoit affublée d'une large brassière de peau d'ours, qu'elle avoit mise à l'envers. Le mari, de son côté, au lieu de robe de chambre, s'étoit jeté sur les épaules une des jupes de sa femme; un de ses garçons étoit enveloppé dans sa couverture; un tambour, qui secondoit le sergent dans ses recrues, et qui, avant de se coucher, avoit donné à blanchir à la servante de l'auberge la seule chemise qui fût en sa possession, parut tout nud, à l'exception du traversin de son lit, dont il ne cachoit qu'à moitié des choses qui ne méritoient pas absolument l'honneur d'être regardées. Quand on se fut raillé réciproquement assez, le sergent et les autres allèrent se mettre au lit; mon compagnon et moi en fîmes autant,

et dormîmes tranquillement jusqu'au lendemain, que nous nous levâmes pour déjeûner,
après quoi nous partîmes pour attraper le
coche de Newcastle. Cependant, nous ne
fûmes pas encore assez heureux pour le joindre ce jour-là. J'étois extrêmement fatigué :
nous nous arrêtâmes donc dans un village,
où nous ne trouvâmes qu'une auberge de
très-mince apparence. L'hôte de cette auberge
ayoit cependant un certain air de probité qui
nous plut. Il étoit assis auprès d'un bon feu,
dans une cuisine très-proprement meublée :
Salvete pueri, nous dit-il d'un ton gracieux,
ingredimini. Je fus ravi d'entendre notre hôte
parler latin ; je crus que je gagnerois son
affection par la conformité de nos talens. Je
lui repartis donc sans hésiter, *dissolve frigus
ligna super focum largè reponens*. Je n'eus pas
plutôt prononcé ces paroles, que le vieillard
accourut à moi, me prit par la main : *fili mi
dilectissime*, me dit-il, *undè venis ?.... à superis,
ni fallor*. Après ce beau compliment, prononcé d'un ton à faire croire que notre hôte
étoit idolâtre des savans, il ordonna à sa fille,
qui étoit une bonne grosse réjouie, d'aller à

la

la cave, et de nous apporter une bouteille
de son *quadrimum* : il ajouta en même temps,
ce vers d'Horace :

Deprome quadrimum sabina , ô Thaliarche ,
    merum dictâ.

Ce prétendu *quadrimum* étoit la meilleure
bière de sa cave, dont il nous dit qu'il avoit
toujours provision de quatre années pour lui
et pour ses amis.

Dans la suite de notre conversation, toujours lardée de latin, nous apprîmes que
notre hôte étoit un maître d'école, dont la
doctrine ne lui produisoit qu'un revenu fort
mince, ce qui l'avoit obligé de se faire auber-
giste du lieu. Il me dit aussi, que pour s'attirer des pratiques, il avoit la meilleure bière
d'Angleterre : « J'ai perdu ma femme, continua-t-il, Dieu veuille avoir son ame, je
vais marier ma fille la semaine prochaine ;
vous voyez devant vous tous mes plaisirs,
et l'unique objet de mon ambition ». Il nous
montroit, en disant cela, sa bouteille, avec un
volume d'Horace, de la plus grosse édition.

« Je suis déjà vieux , ajouta-t-il, mais il faut
s'en consoler , c'est l'avis de notre ami Flac-
cus ». *Tu ne quæsieris nefas quem mihi , quem tibi*
finem dii dederint ; carpe diem , quam minimum
credula postero. Le verbeux pédagogue , après
nous avoir entretenu de ses affaires et de sa
morale , nous fit quelques questions sur notre
état et sur nos projets : nous lui rendîmes
franchement compte de nos desseins ; il nous
donna en conséquence beaucoup d'avis sur la
manière dont nous devions nous comporter
dans le monde, nous priant en même temps de
lui pardonner la liberté qu'il prenoit, observant
néanmoins que son âge et son expérience l'au-
torisoient à cela. Il ordonna ensuite à la fille
de nous faire rôtir un chapon pour notre souper, en nous disant qu'il nous regardoit
comme ses amis, et qu'il vouloit nous traiter de même, *permittens divis cœtera.* Nous
bûmes assez copieusement du *quadrimum*,
pour nous dédommager de la conversation
de notre hôte, qui commençoit à nous ennuyer , parce qu'il n'étoit question que de
lui dans tout le dialogue.

Nous eûmes assez de peine à nous déro-

ber à son babil pour nous aller coucher; il
nous souhaita enfin une bonne nuit, en nous
faisant espérer que nous rattraperions le coche
le lendemain matin, et qu'il n'y avoit que
quatre voyageurs.

Avant de nous endormir, nous nous en-
tretînmes Strap et moi, des façons gracieuses
de notre hôte, de qui mon camarade avoit
conçu une opinion si avantageuse, qu'il s'imaginoit que nous ne paierions rien, ni pour
notre gîte, ni pour notre souper. Comme je
lui marquois quelque doute là - dessus:
« Comment, tu ne t'ès donc pas apperçu,
me disoit - il avec chaleur, qu'il t'aime,
comme s'il te connoissoit depuis cent ans ?
d'ailleurs, la façon dont il nous a donné à
souper doit t'en convaincre. Auroit-il fait
tant de dépense, sans nous demander auparavant si nous voulions que cela fût ? Va,
va, mon pauvre Roderik, sois-en sûr,
nous sommes quittes ici ». La confiance de
Strap ne détruisit point mes pressentimens.
Nous nous levâmes le lendemain de grand
matin ; nous déjeûnâmes, après quoi nous
voulûmes compter, et priâmes notre hôte.

de nous dire combien nous lui devions.
« Pas grand-chose ; nous dit-il, mes bons
amis, Catherine va vous le dire, car pour
moi je ne me mêle jamais de ces sortes d'affaires. *Crescentem sequitur cura pecuniam.* Catherine ayant calculé notre dépense sur une
ardoise, nous dit que notre écot se montoit
à huit schelings sept sols. « Huit schelings
et sept sols !..... s'écria Strap ; mais vous
n'y pensez pas, il faut absolument que vous
vous soyez trompée, mademoiselle ». Refaites
votre addition, ma fille, dit notre hôte ;
peut-être vous êtes-vous trompée effectivement. Non, non, mon père, répliqua Catherine, avec un ton qui nous présageoit
qu'elle étoit sûre de son fait, est-ce que je
vous ai jamais rien fait perdre ? Depuis que
je sais l'arithmétique, grâces au ciel, je sais
mes quatre règles, de façon à pouvoir joû-
ter contre le plus fameux banquier de Londres. N'importe, dit le maître d'école d'un
air benin, il faut voir ; quoique ce prix ne
soit pas assez considérable pour étonner ces
messieurs, comme ils font semblant de l'être,
il faut cependant les satisfaire ; je veux que

tout le monde sorte content de chez moi ».
Il prit ensuite la plume et le cornet, vérifia
le mémoire, qui se trouva monter effectivement à huit schelings sept sols.

La politesse avec laquelle il nous le présenta ensuite, me ferma la bouche, malgré
toute l'envie que j'avois de lui dire des injures. Il avoit pris sur moi, par ses façons
gracieuses, un ascendant qui lui sauva de ma
part tous les reproches qui lui étoient dus.
Je me contentai de lui dire qu'Horace ne lui
avoit point appris à écorcher ainsi les voyageurs qui séjournoient dans son auberge. Il
me répondit que j'étois un jeune homme,
qui n'avoit pas assez l'usage du monde pour
lui donner des leçons ; que quand je serois
plus au fait, je me repentirois de l'injustice
que je lui faisois ; qu'il me le pardonnoit
cependant de bon cœur, et me prioit en
même temps d'être persuadé qu'il étoit *con-
tentus parvo*, et qu'il bornoit son ambition à
vivre exempt de misère, parce que *importuna
pauperies*..... Strap, que tout ce latin et
ces politesses intéressées n'accommodoient
point, l'interrompit, et jura qu'il s'en iroit

M 3

sans payer, si l'on ne rabattoit un tiers de l'écot. La dispute s'échauffoit ; je vis la fille de l'hôte sortir, j'en conçus aisément le motif ; c'est pourquoi, pour finir la discussion, je payai le montant du mémoire.

A peine eus-je fini de compter l'argent, que Catherine rentra, avec deux gros garçons, qui feignirent de demander à déjeûner, mais qui, probablement, n'étoient venus que pour nous faire payer de force ce que notre hôte nous demandoit avec tant de politesse et si peu de conscience. Strap, qui ne pouvoit digérer son écot, dit au maître d'école d'un ton piqué, *semper avarus eget.* *Animum rege*, répliqua le pédant, en souriant malignement, *qui nisi paret imperat.*

CHAPITRE XI.

Roderik et Strap joignent le coche. Quels étoient leurs compagnons de voyage. Strap commet une méprise dans l'auberge, qui donne lieu à des événemens singuliers.

DEPUIS que nous étions sortis de chez le maître d'école, nous avions fait un demi-mille de chemin mon camarade et moi ; nous méditions chacun de notre côté sur la four-berie des hommes, et sur les moyens hon-teux qu'ils emploient pour se tromper réci-proquement. La diminution de nos finances nous avoit mis à tous deux un peu de noir dans l'esprit. Strap, qui n'avoit pas accou-tumé de se taire si long-temps, entama la conversation. « Nous voilà bien avancés, nous dit-il ; je n'ai presque plus d'argent ; pourquoi m'empêchiez-vous aussi de me battre : ce vieux ladre de magister n'auroit

eu que le tiers de ce qu'il nous demandoit.
Par Saint-James, combien faut - il à présent
que je fasse de barbes, pour regagner les
quatre schelings qu'il m'en coûte. J'aurois
mis de bon cœur une guinée contre ces co-
quins qui sont entrés ; j'en ai rossé en ma
vie de plus vigoureux ». Strap ne disoit rien
de trop , il étoit extrêmement nerveux et
très en état de se battre à coups de poing ;
mais il avoit une aversion insurmontable
pour toutes les armes offensives. Je crus
appaiser son chagrin , en lui disant , que
pour me punir de mon indiscrétion , je con-
sentois à payer pour lui ce qu'il trouvoit de
trop dans la dépense. Strap , qui n'étoit pas
de trop bonne humeur , se piqua de ma
proposition. Apprenez , me dit-il aigrement,
que tout garçon barbier que je sois, personne ne paie pour moi ; je ne le souffrirois
pas même du seigneur le plus riche et le plus
puissant de toute l'Angleterre.

Je ne répliquai point, et laissai Strap murmurer à son aise. Nous marchâmes tout le
jour sans nous arrêter , même pour nous ra-
fraichir. Nous découvrîmes enfin vers le soir

le coche, qui marchoit devant nous, éloigné tout-au-plus d'un quart de mille; nous y courûmes, et l'attrapâmes heureusement, dans un temps où je n'eusse pas eu la force de faire une demi-lieue sans m'arrêter. Nous convînmes avec le cocher qu'il nous meneroit pour un scheling à la couchée, où nous devions rencontrer le maître de la voiture, et pourrions traiter avec lui pour le reste du voyage. Thomas (c'étoit le nom du cocher) ayant placé un escabeau pour le faire entrer dans le coche, Strap y montoit avec notre équipage; mais il fut arrêté tout-à-coup par une voix de tonnerre. « Que cent diables m'emportent, lui dit-on, si je souffre qu'on me donne un frater pour compagnon de voyage » ! Le ton de voix de l'opposant fit croire à Strap qu'il entendoit un géant. Il s'arrêta tout stupéfait. Thomas se mit à rire de notre étonnement, et mettant le nez dans la voiture : Parbleu, M. le capitaine, dit-il, voulez-vous m'empêcher de gagner quelques sols ? Est-il bien honnête de vous opposer au profit d'un pauvre diable comme moi ? Montez, montez, jeune homme, ajouta-t-il,

en s'adressant à Strap ; M. le capitaine est
un bon vivant ; allez, il fait plus de bruit
que de mal. Strap ne voulut pas tenter, avant
moi, une seconde escalade, malgré les exhortations du voiturier ; je fus donc obligé de
lui montrer l'exemple. J'entrai dans la voiture, ce ne fut pas cependant sans émotion ;
j'entendois encore murmurer sourdement le
capitaine. « Dieu me damne, disoit-il, que
l'on ne s'avise pas de me gêner ; si quelqu'un
m'incommode tant soit peu, foi de capitaine,
je le. . . . » J'allai toujours mon train cependant, et j'étois déjà assis sur une des
bottes de paille de la voiture, que j'avois
trouvée vacante. Je ne pouvois discerner
quels étoient mes compagnons de voyage.
Strap, qui m'avoit suivi, se disposoit à s'asseoir de l'autre côté, mais un mouvement de
la voiture lui ayant fait perdre l'équilibre,
il se laissa malheureusement tomber sur l'estomac du capitaine, qui s'écria, d'une voix
terrible : « Ah ventrebleu, je suis mort !
où est mon épée ? » Strap, effrayé, se re-
leva avec précipitation ; mais une autre sac-
cade de la voiture le fit tomber si pesamment

sur moi, qu'il faillit à m'étouffer. Nous entendîmes, en même temps, un femme crier,
d'un ton glapissant : « Bon Dieu, qu'avez-
vous donc, mon cher ? Ce que j'ai, répliqua le capitaine : ce gros bœuf d'écossais
vient de se laisser tomber sur moi, et m'a
presque estropié ». Strap, qui trembloit de
tous ses membres, s'excusa sur le cahot de
la voiture. La dame continua ainsi : « C'est
notre faute aussi, mon cher ; nous ne devons nous en prendre qu'à nous - mêmes de
ce qui nous arrive ; voilà la première fois
que nous voyageons de la sorte, mais aussi
ce sera la dernière. Je suis sûr que monsieur
et madame de Loras sont actuellement dans
des inquiétudes mortelles ; cela est affreux ; il
y a de quoi mourir, en vérité : si notre lettre arrive heureusement à temps, ils nous
enverront leur carrosse. Bon, bon, ma chère,
reprit le capitaine, la sottise est faite, con-
solons - nous, il faut la boire ; s'il plaît à
Dieu, nous arriverons en bonne santé. Parbleu, nous ferons bien rire le comte et la
comtesse, avec nos aventures du coche ».

Ce dialogue spécieux me donna une si

haute idée du capitaine et de sa femme, que
je n'osai me mêler dans la conversation ; je
fus cependant tiré de mon opinion par le
discours d'une autre femme, qui voyageoit
dans la même voiture. « Qu'il y a de sots
dans le monde, disoit-elle ; ils croient en
imposer par leurs grands airs, comme si de
plus grands seigneurs qu'eux n'eussent jamais
été dans un coche. Il y a des gens ici qui,
sans faire tant de bruit, vont ordinairement
dans des carrosses bien équipés, et ne font
pas tant de train que ceux qui ont peut-être
été derrière : tout est égal dans une voiture
publique. Allons, monsieur le capitaine,
malgré votre noblesse, de la gaieté. Et vous,
vieux reître, dit la voyageuse, en s'adressant
à un autre homme, êtes - vous aussi fâché
d'être dans la voiture? Vous avez l'air sou-
cieux, comme si l'on vous avoit fait quelque
banqueroute ; j'en serois, ma foi, charmée;
car vous êtes de tous les usuriers le plus ladre que je connoisse. Je parie qu'il s'amusoit
à méditer quelques projets de monopole ;
mais vous avez beau faire, il me faut de
l'argent, ou bien néant. Tenez, je veux
bien

bien encore vous accorder ce baiser-là. Ah !
la petite folle , dit l'homme en question ,
d'une voix sépulcrale , tu seras toujours méchante ». L'usurier , car c'en étoit un , se
prit alors à rire , pour son malheur ; car sa
bonne humeur lui occasionna une toux si
violente , qu'elle pensa le suffoquer.

J'étois si fatigué de la marche que nous
avions faite , que je cessai de prêter l'oreille
à la conversation , et je m'endormis si profondément , que Strap fut obligé de me réveiller , lorsque nous arrivâmes à l'auberge.
Je descendis le premier de la voiture , à cause
de la place que j'occupois : je vis , par ce
moyen - là , sortir tous les voyageurs l'un
après l'autre. La première personne qui sortit
après moi , étoit une jeune fille assez jolie ,
qui me parut fort émerillonnée ; elle avoit
tout au plus vingt ans , et portoit un petit
chapeau bordé d'argent , au lieu de bonnet ;
elle avoit un petit toquet d'étoffe bleue , fort
vieux , et bordé aussi d'une dentelle d'argent :
elle tenoit , dans ses mains , un petit fouet.
Un petit vieillard boiteux , dont la tête brau-
lante étoit surchargée d'un vieux chapeau et

d'un bonnet de laine extrêmement crasseux,
suivoit cette belle. Il portoit, sur les épaules,
un manteau de gros drap bleu, au travers
des trous duquel on appercevoit un surtout et
une veste de couleur brune, qui paroissoient
de la même antiquité. Quant à sa physionomie, il avoit les yeux creux, rouges et chassieux; son visage étoit couvert de boutons
et de rides; il n'avoit pas une dent dans la
mâchoire; son nez et son menton se pres-
soient si hermétiquement, que, dans un besoin, ils eussent pu lui servir à casser des
noix : il s'appuyoit sur une canne à pomme
d'ivoire, et toute sa figure caractérisoit à-la-
fois l'hiver, la famine et l'avarice. Cependant, la figure du capitaine, qui sortoit
après lui de la voiture, me parut plus sin-
gulière: il donnoit la main à une petite créature qu'il appeloit sa femme, et que tout
autre homme que lui eût appelé sa guenuche.
Elle avoit le visage creux et décharné, deux
fort petits yeux gris, ronds comme ceux d'une
chouette, qui ne contribuoient pas peu à en-
laidir sa physionomie plate, blafarde et
chifonnée; ses tempes et son toupet étoient

totalement dépourvus de cheveux. Le capitaine, son mari, ayant quitté sa redingotte,
nous montra la figure du monde la plus ex-
traordinaire et la plus comique que l'on puisse
trouver, je crois, dans toutes les troupes
de la nation. Une maigreur hideuse régnoit
sur toute sa personne ; sa taille étoit environ de cinq pieds trois pouces de haut ; son
visage et son col avoient au moins seize
pouces de long ; ses cuisses n'en avoient que
six, et ses jambes, qui avoient deux pieds
et demi de longueur, étoient aussi sèches que
des baguettes de tambour : une longue cadenette de cheveux lui battoit la ceinture. La
vue de cette espèce de fantôme, me fit presque concevoir l'*extinction sans matière*. En un
mot, pour le définir parfaitement, il étoit,
vox et præterea nihil. Son surtout étoit d'une
peau d'ours, dont les poils étoient longs d'un
demi-pied ; il portoit dessous un habit à la
hussarde, avec une culotte écarlate, qui
n'alloit qu'à moitié de ses cuisses, et qui ne
s'abattoit qu'à peine sur une grosse paire de
bas de laine ; ses souliers extrêmement larges,
étoient montés sur des talons de bois d'un.

demi-pied de haut ; il tenoit sa femme par
la main. Les airs impertinens et les minaude-
ries de cette bégueule me l'eussent fait reconnoître pour une soubrette réformée , et
qui vouloit jouer les airs de qualité ; mais
je n'avois pas encore assez d'usage du monde , pour reconnoître les gens à leur façon
d'agir.

Quand nous fûmes entrés dans l'auberge ,
M. Brazen (c'étoit ainsi que se nommoit le
capitaine) demanda une chambre à feu pour
lui et sa femme , et dit à l'hôte qu'ils vouloient souper seuls. L'hôte lui répondit qu'il
n'avoit point de chambre particulière à lui
donner , n'ayant qu'autant de lits qu'il en
falloit pour en pouvoir donner un à chacun des
voyageurs ; et que son souper étoit préparé
pour être servi en commun , pour tous les
gens de la voiture ; qu'au reste , s'il se
trouvoit quelque plat qui lui convînt , il le
lui donneroit de tout son cœur , si la compagnie le vouloit. Cette proposition fut rejetée
unanimement ; mademoiselle Louison , cette
fille alerte dont nous avons parlé , prit sur-
tout l'affirmative , et dit que si le capitaine

et sa femme avoient tant d'envie de se distin-
guer, ils pouvoient attendre notre dessert.
Le capitaine ne répondit à cette brusquerie
que par un regard dédaigneux, et se prome-
noit en long et en large, affectant une démarche martiale et déterminée. Madame
Brazen, qui ne savoit pas se contenir aussi-
bien que son mari, marmotoit des injures
contre Louison, et laissa, malheureusement
pour elle, échapper le terme de créature.
Louison, qui n'étoit point endurante, s'é-
chauffa très-sérieusement : « Parle-donc,
guenon, dit-elle à madame Brazen, que
veux-tu dire avec ta créature ? regardez un
peu cette carcasse qui fait l'entendue ; il sied
parbleu bien à une souillon comme toi, de te
donner des airs de qualité : le joli couple que
voilà ; il fait bien de l'honneur à la noblesse ».
Le capitaine prit la parole en fronçant le sourcil. « Parle-donc, eh, ma mie, lui dit-il,
tu as le caquet bien affilé ; par la morbleu si »...
« Par la morbleu toi-même, reprit Louison,
que veux-tu dire ? hem, lécheur d'assiettes,
avec tes airs de capitaine, crois-tu qu'on ne
te connoisse pas ? Si toute l'armée est com-

posée d'aussi braves gens que toi, nous ne
sommes pas mal dans nos affaires : qui diable
sont les bêtes qui t'ont pu faire capitaine ?
Crois-tu que je l'ignore que ta bégueule de
femme a été femme-de-chambre, et qu'elle a
servi à son maître plus qu'à sa maîtresse ?
Crois-tu qu'on ne sache pas aussi que tu as été
valet-de-chambre, et le grison le plus effronté de toute l'Angleterre». «Par la mort,
prit Brazen, tu es bien heureuse d'être
femme, je t'apprendrois bien à nous respecter ; si tu portois une culotte, je veux
être exterminé, si je ne mangeois ton cœur
à mon souper». Le capitaine en disant cela,
avoit l'épée à la main, il faisoit siffler l'air
d'estoc et de taille ; ces bravades faisoient
trembler Strap comme la feuille ; mais l'in-
trépide Louison, qui connoissoit son homme, lui dit d'un ton déterminé, en lui faisant les cornes, qu'elle ne le craignoit pas
plus qu'un pet. Le maître de la voiture qui
survint, ayant été instruit du motif de cette
querelle, et craignant que le capitaine et sa
femme, rebutés par les injures qu'on lui
avoit dites, ne se déterminassent à attendre

une autre voiture., s'établit médiateur entre les parties belligérantes, et parvint enfin à les pacifier. On se mit à table, et l'on soupa tranquillement. On nous conduisit ensuite dans nos chambres, l'usurier, Strap et moi dans une; le capitaine, sa femme et mademoiselle Louison dans une autre à côté. Une heure après, mon camarade, chez qui la digestion s'étoit précipitée plus qu'à l'ordinaire, fut obligé de sortir pour satisfaire à ses besoins. A son retour il prit une porte pour une autre, il entra dans la chambre voisine. Le capitaine, qui dans le même temps s'étoit levé pour la même cause que lui, n'entendit point entrer mon camarade dans sa chambre : comme le lit de M. Brazen étoit dans la même position que le nôtre, Strap, avec la meilleure foi du monde, alla se placer à côté de sa femme, qui dormoit profondément. Le capitaine ayant fini son opération, vint pour se remettre au lit; mais ayant senti en tâtant une tête couverte d'un bonnet de laine, il crut avoir pris le lit de Louison pour le sien, et que la tête qu'il avoit touchée étoit celle de quelque galant.

qui étoit venu soulager son martyre entre les
bras de la belle. Sur cette conjecture, il voulut punir le Médor et l'Angélique d'avoir osé
prostituer sa chambre par un adultère, et
leur affubla la tête d'un pot de chambre qu'il
tenoit à la main. Cette aspersion ayant
éveillé le malheureux barbier, aussi-bien que
la femme du capitaine, celle-ci se mit à
faire des cris affreux, qui étonnèrent également et l'époux et le galant prétendu. Strap
étoit si fort étourdi, qu'il se croyoit ensor-
celé. Le capitaine désabusé entra dans une
furieuse colère ; il saisit mon camarade au
collet, et lui demanda avec fureur, qui l'a-
voit rendu assez hardi pour oser attenter à
l'honneur de sa femme. Le pauvre Strap fut
si fort étonné, qu'il ne sut répondre autre
chose, sinon qu'il prenoit Dieu à temoin que
madame Brazen étoit vierge et très - vierge,
quant à lui. Madame Brazen qui étoit com-
patissante apparemment pour ceux qui paroissoient, comme Strap, avoir des intentions
qui flattoient son amour-propre, se leva en
chemise, prit ses pantoufles, et vint en
donner cent coups sur la tête pelée de son

mari, de façon que pour la faire cesser, il se mit à crier au meurtre. « Ah! je vous apprendrai, monsieur l'insolent, disoit madame Brazen, de m'empester ainsi de votre urine; il vous sied bien, vieux squelette, d'être jaloux; souvenez-vous des conditions auxquelles je vous ai pris pour mari. Apprenez, faquin que vous êtes, que quand on ne peut pas nourrir un chien, on ne doit pas trouver mauvais qu'un autre lui donne à manger ». Le ton aigu de madame Brazen, et les cris du capitaine me firent sortir du lit; je ne savois si je devois entrer dans la chambre, et je délibérois encore sur cet article, lorsque j'entendis tout-à-coup mademoiselle Louison crier au viol de toutes ses forces. « Comment, vieux loup-garou, disoit-elle, vous voulez déshonorer une honnête fille comme moi? ah vieux bouc, tu peux compter que tu me le paieras, je t'apprendrai à vouloir tenter de pareilles indignités ».

Tous les domestiques de l'auberge accoururent à ce bruit, chacun d'eux tenoit une lumière, et s'étoit armé de ce qu'il avoit trouvé sous sa main. Nous vîmes alors un

spectacle aussi singulier que risible. Le capitaine frissonnoit dans un coin de la chambre,
il n'osoit se remettre au lit, sa chemise étoit
toute déchirée ; il avoit le visage tout égra-
tigné et meurtri des coups de sa chère moitié,
qui s'étoit enveloppée dans sa couverture, et
s'étoit assise sur le pied de son lit, d'où elle
lui débitoit mille invectives. Nous vîmes dans
l'autre coin de la chambre une autre scène qui
nous surprit autant qu'elle nous amusa. Le
vieux usurier se débattoit en vain pour s'arracher des mains de mademoiselle Louison,
qui le tenoit étendu sur son lit par les deux
oreilles ; il n'avoit pour tout vêtement que sa
chemise, et une camisole de flanelle ; il
agitoit sans fruit deux jambes grêles et goût-
teuses ; dont le mouvement ne découvroit
rien de trop avantageux en faveur de son individu. Louison proféroit contre l'usurier
toutes les injures que la colère peut suggérer
en pareil cas à la plus scrupuleuse Lucrèce.
Nous l'engageâmes cependant à lâcher prise,
et lui demandâmes le sujet de ses cris. Elle
se mit à pleurer d'une façon à persuader à
tout le monde qu'elle avoit raison d'être

extrêmement affligée : elle nous dit qu'elle ne
doutoit pas que ce coquin n'eût abusé de
son sommeil pour lui ravir son honneur ;
elle nous pria de ne rien oublier de ce que
nous avions vu. On conçoit aisément que son
intention étoit de se servir de nos déposi-
tions contre lui. Le pauvre bonhomme étoit
plus mort que vif, et nous prioit au nom de
Dieu de le tirer des pattes de cette diablesse.
Mademoiselle Louison se rendit généreusement à nos prières. Dès que l'usurier s'en
vit délivré, il vint se cacher derrière moi,
protestant que Louison n'étoit pas une fille ,
mais un diable incarné pour la malice ; qu'elle-
même lui avoit fait les premières propositions , et qu'elle avoit profité de sa foiblesse
pour lui jouer un mauvais tour. L'usurier
après cela sortit de la chambre et fut se coucher. Nous abordâmes ensuite le capitaine :
« Je me suis lourdement trompé, messieurs,
nous dit-il , mais je veux perdre mon nom
de Brazen , si je ne passe mon épée dans le
ventre de celui qui a occasionné cette méprise : c'est ce gueux d'écossais , mais il
peut compter qu'il n'a pas encore un jour

à vivre. Je vous demande. mille pardons,
continua - t - il , en s'adressant à sa femme ,
vous devez vous appercevoir que je n'avois
pas dessein de vous offenser ». Je vous le pardonne aussi , dit madame Brazen d'un ton
attendri ; mais en vérité , mon cher cœur ,
je suis fort heureuse si je n'en meurs pas , je
suis dans un état à expirer ». Cette réplique
fut suivie d'un baiser réciproque , qui fut le
sceau de la réconciliation de ce couple char-
mant. Louison engagea madame Brazen à venir coucher avec elle ; le capitaine suivit le
maître de la maison , qui lui offrit la moitié
de son lit , pour passer le reste de la nuit.
Quant à moi, je me retirai dans ma chambre,
où je trouvai Strap encore tout tremblant ,
et qui avoit profité pour s'évader de l'obscu-
rité et du combat entre madame Brazen et
son mari.

CHAPITRE

CHAPITRE XII.

Le capitaine présente le combat à Strap , qui le refuse ; Roderik répond pour lui. L'usurier s'accommode avec Louison , au moyen d'un présent de cinq guinées. Tous les voyageurs sont exposés à une abstinence involontaire : on leur dispute leur dîner. Conduite de Louison et du capitaine dans cette circonstance. On tente en vain la bravoure de ce dernier. Raillerie qu'en fait l'usurier.

Le lendemain matin , je convins avec le voiturier de lui donner dix schelings pour me conduire à Londres , à condition de faire partager ma place à Strap alternativement. Je le priai en même temps de faire de son

mieux pour appaiser le capitaine, qui faisoit dans la cuisine mille imprécations contre
mon camarade, et vouloit, disoit-il, le
tuer avant que de partir. J'étois entré avec
Strap pour joindre nos excuses aux intercessions du médiateur ; nous faisions de notre
mieux tous trois pour persuader au capitaine
que ce n'étoit qu'une méprise ; mais plus
nous paroissions soumis et respectueux, plus
le capitaine affectoit de colère et d'emporte-
ment : il dit qu'il vouloit absolument se
battre avec lui, et sur-le-champ. Je fus choqué de cette proposition, et lui dis qu'il ne
devoit pas présumer qu'un garçon barbier,
qui n'avoit jamais porté l'épée, acceptât de
se battre avec cette arme, dont un officier
ne pouvoit se servir qu'avec avantage contre
lui, mais que j'étois persuadé que mon camarade ne refuseroit pas de se battre à coups
de poing. Strap taupa sur-le-champ à ce que
je disois, et proposa même de mettre une
guinée d'enjeu pour prix de la victoire. Brazen le regardant avec un œil de mépris, lui
demanda si un homme comme lui étoit fait
pour se battre comme un crocheteur, et de-

voit entrer en traité avec un garçon barbier.
« Palsangué , s'écria notre cocher , vous ne
tuerez personne , j'y avons regardé ; car ce
jeune homme veut bien vous faire raison de
votre injure ; si vous ne voulez pas vous
battre à coups de poing avec lui , battez-
vous à coups de bâton : n'y consentez-vous
pas , jeune garçon , dit-il à Strap » ?

Mon camarade hésita quelque temps avant
que de répondre ; cependant il accepta la
proposition. Le capitaine la rejeta : ce refus
me fit douter de la bravoure de ce formidable spadassin. Je fis un signe à Strap ,
pour lui insinuer mes soupçons , et le rassurer : je dis ensuite à la compagnie que j'avois
toujours ouï dire qu'en affaire d'honneur le
choix des armes dépendoit de celui qui rece-
voit le cartel ; qu'en conséquence j'étois assez sûr de la bravoure de mon camarade
pour promettre qu'il se battroit même à la
pointe avec le capitaine : mais qu'il n'em-
ploîroit que celle dont il savoit se servir ,
c'est-à-dire qu'il se battroit de rasoir à rasoir.
Le capitaine changea de couleur à ce mot , et
tourna l'oreille pour cacher son trouble ,

tandis que Strap , qui étoit derrière moi ,
me supplioit à voix basse de ne point insis-
ter sur ma proposition. Brazen, après un
instant de réflexion, se tourna vers moi , et
m'apostropha du ton le plus terrible. « Qui
diable ès-tu , me dit-il ? de quoi te mêles-
tu ? veux-tu prendre la place de ton camarade , et te battre pour lui » ? En disant cela
il s'étoit déjà mis en garde , et me tenoit la
pointe de son épée sur la gorge. Cette dé-
monstration m'effraya et me fit faire un mouvement de côté : je me jetai sur une broche
qui étoit à côté de moi , je le poussai à mon
tour si vigoureusement , que je le réduisis à
la parade , et lui fis lâcher la mesure , jusques dans la cheminée , où je le recoignai si
bien , que toute la compagnie se mit à rire.
Sa femme , qui entra sur ces entrefaites ,
voyant le danger auquel son mari étoit exposé , fit un cri perçant et s'évanouit. Le
capitaine saisit ce moment pour demander
une suspension , que je lui accordai. Quand
madame Brazen fut revenue de son évanouissement , le capitaine jugea à propos
de se contenter des excuses que mon cama-

råde lui réitéra. La paix se fit heureusement, sans effusion de sang de part ni d'autre ; la chose fut considerée dans son vrai point de vue , et M. Brazeh consentit à croire que ce n'étoit réellement qu'une méprise. On ne parla donc plus que de joie , et le traité de paix fut ratifié par un bon déjeûner qu'on nous servit.

Nous nous apperçûmes que Louison et l'usurier nous manquoient. Madame Brazen nous dit que Louison l'avoit empêché de dormir toute la nuit , et que le matin , lorsqu'elle s'étoit levée , elle lui avoit dit en sanglottant , que l'usurier l'avoit si fort maltraitée pendant la nuit , qu'il l'avoit mise hors d'état de continuer son voyage. Madame Brazen parloit encore , lorsqu'on vint nous dire que la malade demandoit le voiturier. Le ton compatissant de madame Brazen avoit inspiré des dispositions favorables à toute la compagnie en faveur de Louison ; et quoique j'eusse été frappé de la liberté de son langage , je fus assez sot , aussi - bien que les autres , pour epirer dans ses intérêts. Nous suivîmes donc le voiturier , et nous

entrâmes dans la chambre de l'affligée : elle
nous dit d'un ton lamentable : « qu'elle crai-
gnoît très-fort les suites fâcheuses de ce
qu'elle avoit essuyé la nuit dernière, de la
brutalité d'Isaac ; mais que, comme l'événement étoit incertain, elle nous prioit de
faire arrêter l'usurier, jusqu'à ce qu'elle fût
bien certaine de sa guérison ». Nous nous
rendîmes aux sollicitations de Louison ; nous
cherchâmes en vain Isaac par toute l'auberge,
nous le trouvâmes enfin dans la voiture, dans
laquelle il s'étoit réfugié, n'osant se montrer, tant il étoit confus de la scène nocturne qu'il avoit essuyée. Nous le contrai-
gnîmes de sortir, et le conduisîmes à son
accusatrice.

Dès qu'il entra elle se mit à pleurer de
plus belle, en demandant au ciel que son
honneur fût vengé par le supplice de ce malheureux. Isaac, levant les yeux et les mains
au ciel, prioit Dieu avec une ferveur exem-
plaire, et le supplioit de le délivrer des ar-
tifices de cette épouse de satan ; il protestoit de son innocence, et juroit en pleurant
que c'étoit Louison elle-même qui l'avoit

engagé à venir coucher avec elle. Thomas,
qui savoit bien que Louison n'étoit pas si
chaste qu'elle affectoit de le paroître, fit
entendre à Isaac qu'il pouvoit se tirer d'affaire, au moyen d'une petite somme qu'il
paieroit à la plaignante, en faveur de qui les
apparences décidoient, et qu'il lui conseilloit
en ami de s'accommoder, étant très-persuadé
que mademoiselle Louison étoit trop bonne
pour ne pas l'en acquitter à bon marché.
Quoi ! je lui donnerois de l'argent, répondit
l'usurier, avec un dépit qui n'avançoit point
ses affaires, je ne lui paierai jamais qu'une
corde pour la pendre. « Je vois bien, reprit
mademoiselle Louison, que les égards que
je voulois avoir pour lui ne serviront de
rien. Thomas, allez, je vous prie, chercher
le juge, et engagez-le à venir voir une personne extrêmement malade, et qui souhaite
lui parler pour une affaire de la dernière
conséquence ».

Cet ordre de Louison fit frémir l'usurier ;
il pria Thomas d'attendre un peu, et demanda à Louison, d'une voix entrecoupée,

combien elle lui demandoit. Louison, prenant un air et un ton désintéressé, lui répondit, que puisqu'il n'avoit pas pu venir à
bout de son mauvais dessein, elle se contenteroit de fort peu de chose ; que quoique
l'état où il l'avoit mise lui fît presumer qu'elle
ne recouvreroit jamais une santé parfaite,
elle vouloit bien, par grâce, se contenter
de cent guinées. Cent guinées ! s'écria l'usurier, cent diables qui t'égorgent ; et où
veux-tu que je les prenne ? "Pense donc, vo-
leuse impudique, que si je possédois cent
guinées, je ne voyagerois pas pendant le
temps qu'il fait dans une voiture aussi détes-
table». « Quoi ! vieux coquin d'usurier, répliqua Louison, vous croyez donc que je
ne vous connois pas, et que j'ignore combien vous avez ruiné de mineurs en leur prê-
tant sur de gros gages, qu'ils ne pourront jamais retirer de vos griffes : partez, Thomas,
continua Louison en altérant sa voix, je sens
que mon mal agmente». Thomas alloit partir ;
Isaac l'arrêta une seconde fois, et voyant
qu'on le connoissoit trop pour pouvoir dis-

puter plus long-temps, il offrit vingt schelings, que Louison refusa, en demandant
cinquante livres sterlings. Le malheureux
Isaac pleuroit comme un enfant ; nous joi-
gnîmes nos prières à ses supplications, et nous
obtînmes enfin de la discrète Louison qu'elle
se contenteroit de cinq livres sterlings, que
l'usurier paya sur-le-champ, en lâchant des
soupirs capables de l'étouffer ; il se trouva
cependant heureux de s'être tiré à si bas prix
d'une aussi méchante affaire.

Nous aidâmes enfin la malade, ou soi-
disant telle, à se transporter dans la voiture ;
nous y reprîmes chacun notre place, et nous
partîmes. Strap étoit monté sur le cheval du
cocher, qui aima mieux marcher pendant
toute la matinée. Le capitaine Brazen, qui
craignoit apparemment que je n'eusse conçu
quelque mauvaise opinion de son courage,
ne manqua pas de nous raconter mille traits
de bravoure, par lesquels il s'étoit distingué,
et nous dit entr'autres choses, qu'un jour il
avoit donné cent coups de bâton à un soldat
qui lui avoit manqué de respect, qu'il avoit
presque arraché le nez à un valet d'auberge,

qui s'étoit avisé de trouver mauvais qu'il se
nettoyât les dents avec une fourchette, et
qu'un marchand de fromage n'avoit pas osé
répondre à un cartel qu'il lui avoit envoyé,
pour l'obliger à ne plus remettre les pieds
chez une personne dont il étoit amoureux.
Madame de Brazen attestoit la vérité de chacun des faits que son mari nous racontoit ;
elle en citoit, pour plus d'exactitude, la
date et le moment. « Vous souvenez-vous,
disoit-elle, mon cher, en s'adressant à son
mari, du jour que le duc Goble m'envoya
un billet doux ; bon dieu ! que nous mangeâmes d'ortolans ce jour-là, aussi en fus-je
incommodée toute la nuit ; milord Didle et
Milady sa femme en étoient si fort alarmés,
qu'ils étoient presque aussi malades que moi.
Oui, ma mour, répliqua le capitaine ; mais
vous ressouvenez-vous aussi qu'à cette occasion milord me complimenta, et me dit que
vous étiez enceinte ; je lui répondis à cela,
avec une vivacité d'esprit qui le frappa, que
je voudrois de tout mon cœur être dans le
cas de lui faire le même compliment, milord a toujours aimé les réparties vives et

spirituelles, aussi fit - il le tour de la table pour venir me remercier de celle-ci ». La conversation de monsieur et madame Brazen dura cinq jours de suite sur des sujets de cette nature ; la compagnie ne se piqua pas d'y donner une attention bien scrupuleuse ; Louison , sur-tout , à qui l'argent de l'usurier avoit rendu tout à-la-fois la belle humeur et la santé , nous amusoit infiniment par ses propos , ses chansons et les agaceries continuelles qu'elle faisoit à son vieux avare , qui ne voulut jamais se réconcilier avec elle.

Le sixième jour nous arrivâmes dans une auberge pour dîner ; nous étions prêts à nous mettre à table , lorsque l'hôte vint nous dire que trois personnes , qui venoient d'arriver , vouloient le forcer à leur donner notre dîner ; qu'il avoit eu beau leur représenter qu'il étoit destiné pour les gens de la voiture ; qu'ils avoient répliqué que les gens de la voiture iroient au diable , et que de pareils voyageurs pouvoient bien , pour un jour , se contenter de pain et de fromage ; cette nouvelle ne fit plaisir à personne. Louison s'adressa

pour lors au capitaine, et lui dit , qu'en qualité de militaire il devoit se charger de la défense de notre dîner. A dieu ne plaise , répondit Brazen ; je serois bien fâché qu'on sût
qu'un homme comme moi voyage dans une
pareille voiture ; il jura en même temps que
s'il n'étoit dans ce cas , il feroit manger son
épée à ces insolens-là, à la place de notre
dîner; Louison indignée de ce propos , se
jeta sur son épée, la tira du fourreau , et
menaça de tuer le cuisinier s'il ne nous envoyoit au plutôt notre dîner. Le bruit qu'elle
faisoit fit descendre les trois hommes en question. A peine furent-ils entrés dans la cuisine , qu'un d'entr'eux se jeta au col de
notre protectrice : «Quoi ? c'est toi Louison, lui dit-il , qui diable t'amène ici ? Te
voilà, mon cher Siback , dit Louison , avec
les plus grandes démonstrations de joie. Brazen peut aller chercher à dîner au diable ,
pour moi je suis de votre écot ». Les trois cavaliers acceptèrent avec joie la proposition
de Louison , et nous étions sur le point de
faire un fort mauvais dîner , lorsque notre
voiturier, averti de ce qui se passoit , entra

tenant

tenant une fourche à la main, et menaça de
la passer dans le ventre à quiconque seroit
assez hardi pour toucher un seul des plats
qui nous étoient destinés. Cette menace étoit
près d'avoir des suites fâcheuses ; les trois
voyageurs avoient l'épée à la main ; nous
nous étions mis, Strap et moi, du côté de
notre défenseur, et l'on étoit prêt d'en venir
aux mains, lorsque l'hôte, qui n'aimoit pas
le bruit, vint proposer son dîner aux trois
étrangers, qui l'acceptèrent, et nous laissèrent le nôtre, que nous mangeâmes tranquillement.

L'après-midi, Strap prit ma place dans la
voiture, et je marchai à pied avec Thomas,
qui me parut un compagnon fort gai, fort
bon enfant, mais en même temps le plus
malin drôle qu'on pût connoître. Il me con-
firma dans mon opinion sur le compte de
Louison, et me dit qu'elle étoit effectivement
fort humaine ; qu'elle avoit suivi de Londres à Newcastle un officier qui y étoit venu
pour faire des recrues ; que cet officier avoit
fait de grandes dépenses pour elle, et que
s'étant beaucoup endetté, ses créanciers

l'avoient fait mettre en prison , ce qui avoit obligé cette belle de reprendre son premier métier ; il me dit aussi qu'un des domestiques de ces messieurs , qui nous avoient disputé notre dîner, avoit reconnu Brazen pour un ancien valet-de-chambre du lord Frizze , qui l'avoit servi fort long-temps en cette qualité ; que ce seigneur avoit été séparé de sa femme , et que s'étant réconcilié avec elle , l'épouse avoit exigé qu'il renverroit sa maîtresse et son valet-de-chambre. Le lord fut obligé d'en passer par ces conditions ; mais voulant en même temps faire un sort à sa maîtresse, il obligea Brazen à l'épouser , et lui fit obtenir une enseigne dans le régiment de. . . .

Thomas avoit conçu de la valeur du capitaine à-peu-près la même opinion que moi. Nous complotâmes donc ensemble de la mettre à l'épreuve , en faisant passer pour un voleur le premier homme à cheval que nous verrions venir à nous. L'occasion se présenta vers la brune : nous apperçûmes un cavalier qui venoit à nous au galop. Thomas , à cet aspect , recommanda à toute la compagnie

de se tenir sur ses gardes , et fit remarquer à
chacun le prétendu voleur qui venoit vers
nous. Cette mauvaise nouvelle répandit une
consternation générale ; Strap sauta de la
voiture et fut se cacher derrière un buisson ;
l'usurier se désespéroit ; nous entendîmes
sonner un sac d'argent qu'il cachoit dans la
paille ; madame Brazen faisoit des cris lamen-
tables ; le capitaine feignit de ronfler de son
mieux ; mais cette feinte ne lui réussit pas,
car Louison le prit par la manche et le secoua
rudement en lui disant : Mort de ma vie ,
monsieur le capitaine , est - il temps de dormir quand nous sommes prêts d'être volés ,
mettez-vous sur vos gardes , et montrez du
cœur , si vous en avez. Le capitaine ne répondit à l'exhortation de Louison qu'en la
grondant de l'avoir éveillé , protestant que
tous les voleurs d'Angleterre ne lui feroient
pas perdre une minute de son sommeil :
tranquillisez - vous , ajouta-t-il , et me lais-
sez en repos. Il feignit ensuite de se ren-
dormir ; mais cette bravade le servit mal ,
car il trembloit si fort que la voiture en étoit
agitée. Louison, que la poltronnerie du capi-

taine indignoit, l'apostropha de la sorte :
« Il faut avouer que vous êtes un grand
lâche ; on n'a jamais chassé de soldat d'aucun corps qui soit aussi poltron que vous.
Thomas, ajouta-t-elle, arrêtez la voiture,
que je sorte : parbleu, si les voleurs me don-
nent le temps de parler, vous pouvez compter non-seulement qu'ils auront votre bourse,
mais qu'ils auront encore votre chienne de
peau ». Elle sauta en même temps de la voiture, et le prétendu voleur arriva. C'étoit
un domestique de la connoissance de Thomas : il lui fit part en deux mots de notre es-
piéglerie, et l'engagea à la pousser à bout.
Le postillon y consentit ; il s'avança à la
portière, et demanda d'un ton terrible :
« Qu'êtes-vous ici ? Isaac répondit d'un ton
piteux, c'est un pauvre misérable accablé
de famille, qui n'a pour tout bien que ces
quinze schelings que voici, si vous me les
prenez, il faut que moi et mes enfans mou-
rions de faim. Qu'est-ce qui sanglotte-là dans
l'autre coin, reprit le postillon ? Une pauvre
femme infortunée, répondit la Brazen, de
qui je vous prie, au nom de Dieu, d'avoir

pitié. Etes-vous fille ou mariée ? Je suis femme pour mon malheur , répondit-elle. Quel est votre mari, où est-il, continua le postillon ? Mon mari, répliqua madame Brazen, est officier militaire, et nous l'avons laissé malade dans la dernière auberge où nous avons dîné. J'ai cru cependant l'avoir vu entrer dans la voiture cette après-midi. Mais que diable est-ce que je sens ? Est - ce que vous avez quelque petit chien qui ait fait ses ordures ? chassez-le donc, il empoisonne. Il prit alors une des jambes du capitaine qu'il tira de dessous les jupes de sa femme, et l'agita de façon, qu'il remplit son haut-de-chausses d'exhalaisons qui n'étoient pas fort suaves. Le capitaine tout tremblant se frotta les yeux, et feignit de s'éveiller en sursaut. « Qui est - ce là, dit- il, que veut-on Rien, rien, répondit le cavalier, mon brave capitaine ; je voulois seulement vous souhaiter le bon soir. Adieu. » En disant cela, il piqua des deux, et nous le perdîmes bientôt de vue.

M. Brazen fut quelque temps à se remettre de sa frayeur ; mais prenant un regard assuré :

« Que le diable emporte ce drôle-là, s'écria-
t-il : pourquoi donc est-il parti avant que
j'aie eu le temps de lui demander comment
se portoient son maître et sa maîtresse? c'est
ce fou de Tom-Rinser, continua-t-il en s'a-
dressant à sa femme. Ah, ah, dit-elle, c'est
lui, je ne l'ai pas reconnu; on fait si peu
d'attention à ces gens-là. Comment donc,
s'écria Thomas, vous connoissez donc ce garçon ? Si je le connois, répondit M. Brazen,
il n'y a pas long-temps qu'il m'a versé du
vin de Bourgogne à la table de milord Trip-
pit: Comment se nomme-t-il, reprit Thomas ?
Mais il se nomme.... il se nomme, parbleu
il se nomme Thomas-Rinser. Parbleu, s'écria
le voiturier, il s'est donc fait débaptiser; car
je suis sûr qu'il se nommoit, il n'y a pas quinze
jours, Jobin Tropter. Cette observation fit
beaucoup rire aux dépens du capitaine, qui
en fut très-déconcerté. Que nous importe,
dit alors Isaac, comment il se nomme, puisqu'il ne nous a pas volés ; au reste nous en
devons bien remercier Dieu. Bon, dit le
capitaine, vous me faites rire avec votre dé-
votion ; vous imaginez-vous que si c'eût été

un voleur je l'eusse laissé faire? J'aurois bu
son sang et mangé ses entrailles, avant qu'il
m'eût volé, ou quelqu'un de la compagnie.
Ah, ah, ah, ah, dit en riant Louison,
vous ne courez pas risque à ce prix d'avoir
une indigestion. Cette saillie excita de nouveaux ris, et remit l'usurier de si bonne
humeur, qu'il se mit à railler M. Brazen à
son tour, et lui dit : « que sa conduite l'a-
voit édifié, qu'il étoit un bon chrétien, qu'il
pensoit à son salut avec crainte et tremble-
ment. Toute la compagnie éclata de rire ».
Le capitaine perdit contenance, et s'emporta
extrêmement contre Isaac, qu'il menaça de
lui couper la gorge. L'usurier s'adressant
alors à la compagnie : « messieurs et dames,
je vous prends tous à témoins que ma vie
est en danger; je vous demande votre témoignage contre cet officier sanguinaire ».
Cette seconde raillerie ne fit pas moins d'effet
que la première : le pauvre M. Brazen perdit
courage, et ne nous parla plus pendant le
reste de toute la route.

CHAPITRE XIII.

Apparition nocturne qui effraie Roderik et Strap. Ces deux amis arrivent à Londres. Ils sont insultés à cause de la singularité de leur habillement. Aventure qui leur arrive, dans un cabaret. Autre accident qu'ils essuient à l'auberge dans laquelle ils vont dîner.

ÉTANT arrivés à l'auberge, nous y soupâmes, et fûmes nous coucher aussitôt ; mais mon camarade, dont l'estomac s'étoit dérangé de plus en plus, fut obligé de se lever deux heures après, pour satisfaire aux mêmes besoins qui lui avoient été déjà si fatals. Il rentra un instant après, si saisi de peur, qu'il ne pouvoit articuler une seule parole ; il éteignit la lumière avec précipitation, et vint se coucher à côté de moi, tremblant

comme la feuille : je lui demandai le sujet
de ses craintes ; il me répondit d'une voix
entrecoupée : « Ah ! mon pauvre Random ,
que le seigneur ait pitié de nous, je viens de
voir le diable ». Quoique je ne fusse pas tout-
à-fait aussi peureux que mon camarade , je
ne laissai pas que de partager ses craintes :
je prêtois attentivement l'oreille, lorsque j'entendis le son de quelques grelots ou clochettes , qui s'augmentoit en approchant de notre
chambre. Mon compagnon étoit demi-mort ;
il m'étouffoit presque à force de me serrer ,
et proféroit ces paroles divines : « Sauveur ,
ayez pitié de nous ; ah ? mon pauvre Roderik , le voilà qui vient » Un corbeau mons-
trueux entra pour lors dans notre chambre ; il
avoit des clochettes aux pattes , il vint di-
rectement à notre lit : le corbeau, dans notre
pays , est regardé comme un oiseau de mauvais augure. Je me persuadai donc à mon
tour que le diable rôdoit autour de nous :
je hasardai cependant de sortir la tête du
lit , l'affreux corbeau me sauta presque
sur la face ; je me renfonçai dans mes
draps ; le fantôme me donna quelques coups

de bec sur la couverture, après quoi il s'en-
vola. Nous commencions à nous rassurer
Strap et moi, et rendions graces au ciel de
nous avoir tiré des griffes de Satan, lorsque
nous vîmes paroître, à la faveur du clair
de lune, un spectacle qui nous occasionna
de nouvelles transes encore plus terribles
que les premières. Strap perdit tout sentiment, et j'étois à peu de chose près dans
le même état ; je voyois un vieillard hideux,
qui avoit une longue barbe qui lui tomboit
jusqu'à la ceinture ; sa taille étoit difforme ;
ses regards égarés et son ajustement me persuadèrent que c'étoit quelque revenant : il
étoit couvert d'un long manteau brun, bou-
tonné par derrière, il portoit un vieux bonnet de même couleur sur la tête ; j'avois les
yeux fixés sur ce fantôme, et n'avois pas
même le courage de les en détourner, lorsqu'il s'approcha de notre lit, et croisant ses
mains sur sa poitrine, où est Ralpho, me
dit-il, d'un ton de voix sépulcrale ? comme
je n'avois pas la force de lui répondre, il
parut irrité de mon silence, et me redemanda
d'un ton encore plus terrible, où est Ralpho?

A peine eut-il répété ces mots, que j'entendis de nouveau le bruit des clochettes ; le vieux spectre prêta l'oreille et partit, en me laissant dans une sueur froide qui fut suivie d'une espèce d'évanouissement.

Je repris cependant bientôt mes sens, me tournant vers Strap, je voulus lui parler ; mais chaque mot que je lui disois le mettoit en convulsion ; il étoit dans une espèce de délire qui se dissipa cependant peu à peu. Quand il fut assez remis pour m'entendre, je lui demandai ce qu'il pensoit de notre vision. « Ce que j'en pense, me dit-il, eh ! ne le voyez-vous pas ? L'énorme corbeau que vous avez vu d'abord avec ces grosses chaînes aux pattes, n'est autre chose qu'une ame damnée. Avez-vous remarqué qu'il est plus gros qu'un cheval ? Quant au vieillard, c'est assurément l'esprit de quelqu'honnète homme qui aura été assassiné dans cette chambre, qui a reçu de Dieu la permission de persécuter l'ame de son meurtrier, qui, apparemment, s'appeloit Ralpho de son vivant ». Je n'adoptai pas tout-à-fait l'opinion de mon camarade ; mais je n'en étois pas plus rassuré

pour cela, et j'avoue, de bonne foi, que
de ma vie je n'ai passé de nuit plus cruelle.

Le lendemain matin, nous racontâmes au
voiturier toute notre aventure ; nous lui pei-
gnîmes l'impression terrible qu'elle avoit
faite sur nous, avec tant d'énergie et d'é-
motion, qu'il se mit à rire à gorge déployée. Il nous dit que le corbeau que nous
avions vu, étoit un corbeau domestique,
qui servoit de jouet au père de l'hôte, lequel
avoit perdu l'esprit depuis quelques années ;
que ce corbeau s'appeloit Ralpho, et qu'apparemment il s'étoit échappé de la chambre
du vieillard dans la nôtre., ce qui avoit
engagé ce dernier à nous rendre visite. Strap
eut toutes les peines du monde à se persuader que ce que lui disoit Thomas fût véritable ; la peur lui avoit si fort grossi les
objets, qu'il ne put, sans méditer beaucoup, se dissuader que le corbeau étoit pour
le moins un griffon, et le vieillard un géant.
Nous partîmes cependant, et nous arrivâmes
au bout de six jours à Londres, sans qu'il
nous survint aucun accident qui méritât
notre attention.

Comme

Comme nous arrivâmes le soir , nous lo-
geâmes dans l'auberge de la voiture : le
lendemain tous les voyageurs se séparèrent.
Nous sortîmes aussi , mon camarade et moi ,
dans le dessein de nous informer de la demeure de M. Cringer ; ce membre du parlement auquel j'étois recommandé par M.
Crab. Strap portoit derrière moi notre bagage dans son havresac ; notre équipage avoit
quelque chose de grotesque : je m'étois
cependant donné dans mon ajustement
tous les agrémens que j'avois en ma possession. J'avois pris une chemise blanche
à manchettes , des bas blancs de coton ;
mais de grands cheveux moitié blonds ,
moitié roux , gras , et droits comme des
chandelles , me pendoient sur les épaules ; les pans de mon habit me tomboient
sur le gras des jambes ; j'avois une veste et
une culotte de diverses couleurs , travaillées
avec le même goût que l'habit ; mon chapeau
ressembloit assez bien à un bassin de barbier,
par la profondeur de la forme , et la petitesse
des bords. Quelque ridicule que fût mon

ajustement, celui de Strap étoit encore plus
comique ; sa coiffure ressembloit à celle de
Mezetin ; il avoit d'ailleurs une physionomie
qui fixoit les regards de tous les passans, et
les excitoit à rire. Je le priai de demander à
un charretier qui passoit, la demeure de M.
Cringer ; il le fit, mais le charretier l'envoya promener : je lui réitérai la même
question ; il nous envoya de nouveau à tous
les diables, en nous tournant le dos. Strap,
piqué de cette incartade, après avoir réfléchi
quelque temps, vouloit retourner sur ses pas
pour se battre avec lui, et consultoit avec moi
sur les conditions du combat, lorsqu'un fiacre,
qui nous apperçut malheureusement, voulut
se divertir à nos dépens. Il vint à nous à toute
bride, en criant : *mon maître, faut-il un car-*
rosse ? le coquin, en disant cela, fit passer
adroitement ses roues dans le ruisseau, et
nous couvrit d'un déluge de boue, après
quoi il passa outre, en riant à gorge déployée.
Tout le monde en faisoit autant ; les railleries
augmentoient à proportion de la confusion
qu'elles excitoient en nous. Cependant, un
homme touché de notre état nous conseilla

d'entrer dans un cabaret à bière , et de nous y sécher. Nous entrâmes effectivement dans celui qu'il nous avoit montré du doigt , nous demandâmes un pot de bière , et nous étant mis devant le feu , nous nous séchâmes le mieux que nous pûmes.

Un mauvais plaisant , qui étoit assis à l'un des coins de la cheminée , et qui fumoit sa pipe , entendant à notre jargon que nous étions écossais , s'en vint à moi , et me demanda , du ton le plus sérieux , s'il y avoit long-temps que j'avois été pris. Je prêtois l'oreille , et ne répondois rien à cette question que je n'entendois pas : il ajouta qu'il falloit que ce fût depuis peu , puisque ma queue n'étoit pas encore coupée. Il tenoit , en disant cela , mes cheveux , et les montroit au reste de la compagnie , qui rioit de bon cœur. Je fus extrêmement piqué de l'impertinence de ce mauvais plaisant ; mais je me contins , autant par prudence que par crainte ; j'étois dans un lieu que je ne connoissois pas ; et la taille robuste et nerveuse de celui qui m'avoit insulté m'en imposoit. Strap , qui ne craignoit personne , dès qu'il ne voyoit point d'armes offensives, fut moins prudent que moi, ou plus courageux. Il dit donc à celui qui m'avoit insulté, « qu'il étoit un impertinent d'en user de la sorte avec des gens qui valoient mieux que lui ». Le railleur vint à lui, et lui demanda d'un ton goguenard ce qu'il portoit dans son havresac : « est-ce, lui disoit-il, en lui secouant le menton, de la farine d'avoine, ou du son » !

Mon compagnon, piqué d'une impertinence si marquée, lui appliqua un soufflet si pesant, qu'il le fit tomber à la renverse. On forma au même instant un cercle autour des combattans : Strap commençoit à se dépouiller, mais je l'arrêtai, et lui dis, « que puisque j'avois été insulté le premier, je prétendois me venger moi-même ». Deux des spectateurs me complimentèrent sur ma bravoure : « Voilà, me dirent-ils, ce qu'on appelle un brave écossais, courage, on vous rendra justice ». Cette exhortation m'anima : j'avançai donc nud en chemise sur mon adversaire, et lui portai un coup de poing si rude sur l'estomac, que je le fis tomber sur un banc à dix pas de moi. Je voulus me jeter

sur lui suivant l'usage de mon pays, pour
en tirer une pleine vengeance, mais on m'arrêta. Un des spectateurs exhorta mon adversaire à prendre sa revanche; mais mes deux
premières attaques, qu'il avoit essuyées,
avaient rabattu son caquet : il répondit qu'il
n'étoit pas en état de se battre dans ce moment ; mais que quelque jour il seroit en
meilleure disposition, et qu'il me feroit repentir des coups que je lui avois donnés. Je
ne fus pas fâché que mon ennemi fit retraite,
et je me rhabillai : Strap et toute la compagnie me complimentèrent sur ma bravoure et
sur ma victoire.

Après avoir bu notre bière, et séché nos
habits, nous demandâmes à l'hôte s'il connoissoit M. Cringer, un des membres du
parlement? il nous répondit que non. Cette
réponse nous surprit; nous nous imaginions
qu'un homme de son état étoit connu à
Londres, aussi-bien que dans la petite ville
qu'il représentoit. Le cabaretier nous dit
cependant que nous pourrions en avoir des
nouvelles en allant plus loin. Nous suivîmes
son conseil, et quand nous fûmes à-peu-

près au bout de la rue , nous demandâmes
à un laquais que nous vîmes sur une porte ;
s'il ne connoissoit pas M. Cringer ? « Oui-
da , nous répondit ce faquin , en nous regardant des pieds jusqu'à la tête , je le connois à merveille : tenez , passez par la première rue que vous trouverez sur votre gauche ; tournez ensuite à droite , de-là une
seconde fois à gauche ; vous enfilerez après
une petite ruelle , au bout de laquelle vous
trouverez le logis de M. Cringer ». Nous re-
merciâmes le laquais de ses indications avec
beaucoup de politesse , ce qu'il ne méritoit
assurément pas. Strap se félicitoit de l'avoir
rencontré , et malheureusement pour nous ,
nous suivîmes ses avis. Après avoir fait les
à-droite et les à-gauche qu'il nous avoit pres-
crits , nous nous trouvâmes au bord de la
rivière : nous fûmes extrêmement surpris ; mon
compagnon s'imagina que nous nous étions
égarés de chemin. Comme nous étions l'un
et l'autre très-fâchés d'avoir marché si long-
temps inutilement , je fus à une petite
boutique de clincaillier, à laquelle je m'adres-
sai par préférence , à cause de l'enseigne qui

indiquoit le Montagnard Ecossais : je vis
avec plaisir que le marchand étoit de mon
pays ; il nous apprit que le laquais s'étoit
moqué de nous , et que M. Cringer demeuroit à l'autre bout de la ville , où nous ne
pouvions aller de ce jour. Je le priai de
m'enseigner où nous pourrions loger : il nous
donna aussitôt un petit billet , au moyen duquel nous trouvâmes à loger chez un chan-
delier de ses amis, qui nous loua, pour deux
schelings par semaine , une chambre au second étage , avec un lit seul. Cette chambre
étoit si petite , qu'il ne pouvoit y tenir d'autres meubles que ce même lit , qui nous
servoit de chaise et de table. A l'heure du
dîner , notre hôte vint nous demander de
quelle façon nous voulions vivre : nous lui
répondîmes « que nous serions charmés qu'il
nous apprît ce que nous aurions à faire à cet
égard ». « En ce cas , nous dit-il , il y a
deux façons de vivre pour ceux qui ne sont
point domiciliés en cette ville. La première ,
et qui coûte le plus , est de vivre dans des
hôtels garnis , fréquentés par des gens à leur
aise. On est ordinairement servi dans ces

hôtels très - proprement, mais on paie bien
cet avantage. L'autre est de vivre dans de
petites auberges, que l'on nomme communément *gargottés*, et dans lesquelles on vit
aussi frugalement qu'on le souhaite. Je répondis au clincaillier, que, pourvu que ces
gargottes ne fussent pas des lieux déshono-
rans, notre situation exigeoit que nous leur
donnassions la préférence. Des lieux désho-
norans! reprit le marchand, oh, n'ayez
point de scrupule, il y a une quantité de
messieurs, décorés en gens de condition,
qui vont dîner dans ces auberges pour leurs
trois sous et demi, et vont ensuite se faufi-
ler dans les cafés avec les plus grands seigneurs d'Angleterre; et pour vous en convaincre, je m'en vais dîner avec vous dans
une de ces auberges; vous verrez ensuite la
vérité de ce que je viens de vous dire ». Il
nous dit ensuite de le suivre, et nous obéî-
mes; il s'arrêta au milieu d'une petite rue,
et descendit dans une espèce de soupirail où
je le suivis. Je fus fort étonné de me trouver
dans une grande cuisine souterraine, où je
fus presque suffoqué par la fumée de la

soupe et du bouilli ; et je vis avec étonnement quelques honnêtes gens confondus dans
une légion de fiacres , de charretiers et de
laquais ; et qui, comme eux , mangeoient
des tripes et des pieds de mouton. Chaque
compagnie avoit sa table particulière, mais
couverte de linge si sale , qu'il faisoit mal au
cœur. Pendant que je consultois en moi-
même si je m'assiérois , ou si j'irois manger
ailleurs, Strap , qui descendoit l'escalier ,
ayant malheureusement manqué une marché,
tomba de son long dans la salle , et fit tomber aussi la cuisinière , qui tenoit pour lors
une écuelle de soupe toute bouillante, qu'elle
renversa sur les jambes d'un tambour des
gardes à pied ; ce qui lui causa une douleur
si vive , qu'il se mit à trépigner et à sauter
comme un possédé ; il proféroit en même
temps des imprécations à faire dresser les
cheveux : la cuisinière en se relevant faisoit
chorus avec lui , et maudissant également
l'auteur de sa chute , qui se tenoit debout
devant la table, les mains jointes, avec l'air
du monde le plus mortifié. L'hôtesse déroula
le bas du patient , dont elle emporta en

temps la peau ; et pour réparer , au moins
en partie , le mal qu'elle lui avoit involon-
tairement fait , elle prit dans ses mains une
poignée de sel , dont elle saupoudra la partie affligée ; mais à peine ce cataplasme mor-
dicant fut-il appliqué , que le malade se mit
à mugir comme un taureau , et fit trembler
toute la compagnie par ses juremens : il prit
un pot d'étain qui se trouva sous sa main ,
et le pressa si fort dans l'excès de sa douleur,
qu'il en fit toucher les deux côtés l'un contre
l'autre , comme s'il eût été de cuir. Je con-
seillai à l'hôtesse de joindre un peu d'huile
à son cataplasme ; ce qu'ayant fait , le malade fut soulagé sur-le-champ. Mais il survint
une autre difficulté, l'hôtesse voulut lui faire
payer le pot d'étain qu'il avoit écrasé, il
jura qu'il ne paieroit que son dîner , et
qu'elle devoit s'estimer fort heureuse de ce
qu'il ne lui faisoit pas payer une somme
pour subvenir au pansement de sa jambe ,
qui sans doute étoit malade pour long-temps.
Strap , qui sentit bien qu'étant l'auteur de
l'accident , on ne manqueroit pas de s'en
prendre à lui , promit à l'hôtesse de la

satisfaire, et régala le tambour d'une tranche de bœuf, ce qui l'appaisa entièrement. Nous nous mîmes ensuite à table avec notre hôte, et nous dînâmes aussi splendidement que l'on peut se l'imaginer, puisque l'écot de chacun ne se monta effectivement qu'à trois sous et demi, le pain et la bière compris.

CHAPITRE XIV.

Roderik et Strap vont voir un ami de ce dernier. Portrait de cet ami. On refuse la porte de M. Cringer à Roderik. Aventure de Strap. Roderik perd tout son argent au jeu.

APRÈS notre dîner, mon camarade voulut aller rendre visite à son ami, qui demeuroit dans le quartier de notre auberge; nous fûmes assez heureux pour le trouver chez lui. Cet homme étoit arrivé d'Ecosse, et s'étoit établi depuis trois ou quatre ans à Londres en qualité de maître d'école. Il

enseignoit communément les langues latine,
française, et italienne ; mais depuis quelque
temps , il enseignoit par préférence la pro-
nonciation anglaise ; suivant une nouvelle
méthode , « digne fruit , disoit-il , de ses
méditations profondes et de bon goût ». La
façon dont il parloit , conformément sans
doute à cette méthode , étoit si nouvelle
pour moi, que je ne pus rien jamais y com-
prendre , et que je ne l'entendois pas plus
que s'il m'eût parlé chinois ou chaldéen. Cet
habile grammairien étoit de moyenne taille ;
quoiqu'il eût à peine cinquante ans , il étoit
extrêmement voûté ; son visage étoit déchi-
queté par la petite vérole ; ses yeux rouges
et chassieux étoient absolument dépouillés
de paupières ; sa bouche étoit fendue d'une
oreille à l'autre. Il portoit une vieille robe-
de-chambre retroussée sur ses genoux , par
une ceinture de cuir ; il avoit une perruque
noire à cadenette, sur laquelle s'élevoit un
toupet de trois pouces de haut , semblable
à ceux qu'on portoit sous le règne de
Charles II.

Il reçut Strap , qui étoit de ses parens ,

avec

avec beaucoup de marques d'affection; il lui
demanda qui j'étois: Strap le lui ayant dit, il
se jeta à mon cou, m'embrassa tendrement, en
me disant qu'il avoit été à l'école avec mon
père. Je lui rendis compte de ma situation et
de mes desseins : il m'assura qu'il me rendroit tous les services qui dépendroient de
lui. En disant cela, il m'examinoit scrupu-
leusement, et me toisoit des yeux, de la
tête aux pieds, en tournant autour de moi,
et marmotant ces paroles : « Mon sauveur,
est-il possible qu'un si joli garçon soit fagoté
de la sorte » ! Je m'apperçus bien du motif
qui donnoit lieu à l'examen et aux réflexions
du maître d'école, je lui dis donc, « qu'il
me paroissoit n'être pas content de mon habit ». « Votre habit, me dit-il, vous pou-
viez lui donner ce nom en Ecosse ; mais, ici,
ce n'est qu'un ajustement de mascarade des
plus ridicules : il n'est point de bon chrétien
qui, dans un jour de grande fête, voulût
vous souffrir chez lui dans cet équipage. Par
ma foi, je suis étonné que les chiens n'aboyent
pas sur vous. Etes-vous passé par le marché
Saint - James ? Dieu me bénisse, où vous

Tome I. R

prendroit pour le cousin germain d'Ourang-
Ouiang (1) ». Ce propos me piqua ; c'est
pourquoi je changeai de conversation, et demandai au maître de langues, si je pouvois
rendre visite le lendemain à M. Cringer, sur
la protection duquel je comptois beaucoup.
« M. Cringer, me dit-il en secouant l'oreille,
peut être un homme fort obligeant, je n'ai
point de preuves du contraire ; mais est-il,
le seul protecteur sur qui vous fondiez vos
espérances ? Qui est-ce qui vous a recommandé à lui » ? Je lui montrai pour lors la
lettre de M. Crab, et lui contai mon aventure. Il me regarda fixement, et haussa les
épaules en disant d'un ton compatissant : ô
Christ ! . . . . L'air consterné du pédagogue
me fit augurer mal de mon protecteur ; je le
priai donc de m'honorer de ses conseils. Il
me le promit, et commença dès cet instant
à s'en acquitter avec beaucoup de franchise,
il nous indiqua un perruquier pour faire

---

(1) Ce mot doit être pris dans le sens
que l'on diroit ici un cousin de *Jean de
Nivelle.*

couper nos cheveux , et me conseilla très-
fort de me défaire de mes regards hébétés et
campagnards , avant que de paroître chez
M. Cringer. Comme nous étions sortis , il
me rappela , pour me dire de faire en sorte
de remettre ma lettre à M. Cringer en main
propre.

Nous partîmes , Strap me suivit , et se félicitoit de la bonne réception que son ami
nous avoit faite ; il me dit qu'il l'avoit assuré qu'avant trois jours il lui trouveroit une
boutique. « Mais , allons d'abord , ajouta
mon camarade , chez le perruquier qu'il
nous a indiqué , afin de vous choisir une
perruque à ma fantaisie ; n'ayez pas peur
qu'avec moi on vous trompe , ni qu'on vous
fasse passer des cheveux morts pour de bonne
marchandise ». Nous entrâmes en effet dans
la boutique d'un perruquier , où Strap ,
pour me prouver l'étendue de ses connoissances , marchanda si long-temps , et tint
tant de propos inutiles , que le marchand le
pria vingt fois de sortir de sa boutique , et de
voir ailleurs. Je fus donc obligé , pour con-
clure notre marché , de choisir moi-même ;

R 2

et , contre l'avis de mon camarade , je m'ac-
commodai d'une petite perruque ronde , que
je payai quinze schelings. Nous retournâmes
ensuite à notre logis , où Strap me coupa
ces cheveux , qui avoient si fort choqué
les yeux du maître de langues , et m'avoient
attiré une scène, qui , quoiqu'elle eût tourné
à mon avantage , n'en étoit cependant pas
moins désagréable.

Nous nous levâmes le lendemain de très-
bonne heure , parce qu'on nous avoit dit
que M. Cringer ne donnoit audience à ceux
qui avoient affaire à lui , que depuis cinq
heures du matin jusqu'à huit , qu'il sortoit
pour se trouver au lever du ministre. Quand
nous fûmes arrivés à la porte de M. Cringer,
Strap , par politesse , et pour m'épargner la
peine de frapper moi-même à la porte , prit
le marteau , frappa si fort et si long-temps ,
qu'il alarma toute la rue. Un voisin , fâché
sans doute de ce que , par ce bruit , il avoit
interrompu son sommeil , lui jeta d'un second
étage un pot de chambre sur la tête , avec
tant de succès , que le pauvre garçon n'en
perdit pas une goutte. J'étois par bonheur

à une certaine distance, et ne participai point
à l'infection de ce déluge. Un domestique
ouvrit la porte, et ne voyant que nous dans
la rue, me demanda du ton le plus impertinent, d'où vient que je faisois tant de va-
carme, et ce que je voulois? je lui répondis que je désirois avoir l'honneur de parler à
son maître. Le laquais me repartit qu'avant d'en
venir là j'allasse apprendre à vivre, et me ferma
en même temps la porte sur le nez. Irrité de ce
procédé, je grondai fort Strap qui me l'avoit
attiré; mais il ne songeoit qu'à son malheur,
et, sans faire attention à ce que je lui disois,
il tordoit sa perruque, pour en exprimer
l'urine. Il prit une grosse pierre, et la lança
avec tant de force contre la porte de la maison
d'où il avoit été si bien arrosé, qu'il en brisa
la serrure. Il se mit ensuite à courir de toutes
ses forces, sans s'embarrasser de ce que je
deviendrois; mais je ne fus pas long-temps
à délibérer; et, suivant son exemple, je
me mis à courir de mon mieux, pour échapper au ressentiment de ceux qui demeuroient
dans la maison.

Nous nous trouvâmes au point du jour
dans un quartier qui nous étoit totalement
inconnu ; nous marchions de côté et d'autre,
sans trop savoir où nous allions ; nous nous
arrêtions presque à chaque pas , pour considérer les différens objets qui nous frappoient.
Un homme assez bien mis s'arrêta près de
nous ; il se baissa pour ramasser quelque
chose ; nous regardions pour voir ce que
c'étoit ; mais il se tourna vers nous , et me
dit , avec l'air du monde le plus scrupuleux :
monsieur , vous venez de laisser tomber une
demi-couronne , je vous la rends. Je fus
édifié de cette marque de probité : j'étois
certain de n'avoir rien perdu ; je lui dis donc
que cette pièce n'étoit point à moi. Il insista
beaucoup, et m'engagea de voir dans ma bourse. Je l'ouvris effectivement, et lui fis voir cinq
guinées , trois schelings , et deux sous , ce
qui fesoit exactement mon compte. En ce
cas , me dit-il , c'est un profit pour nous ;
vous étiez présent lorsque je l'ai trouvée ,
vous êtes conséquemment en droit d'en exiger
votre part. Tant de désintéressement me frap-

pa d'admiration ; je refusai constamment de
rien accepter ». Eh bien, me dit-il , messieurs,
vous ne me refuserez pas la satisfaction de
vous régaler d'un verre de ratafiat. Vous
n'êtes pas de ce pays-ci, à ce qu'il me paroît ?
je serai ravi de faire connoissance avec de
braves gens comme vous ». Je voulois me
refuser encore à cette invitation ; mais mon
camarade me dit à l'oreille que ce seroit mal
répondre aux politesses d'un si galant homme,
et qu'il pourroit le trouver mauvais. Où irons-
nous me dit l'inconnu ? Je ne connois guère
ce quartier-ci : nous lui dîmes que nous ne
le connoissions pas non plus. Allons, nous
dit-il , nous entrerons dans le premier cabaret que nous trouverons ouvert. Chemin
faisant , cet honnête fripon (car c'en étoit un)
nous entretint de la sorte. Autant que je puis
m'y connoître, vous êtes écossais, messieurs ;
ma grand'mère paternelle étoit de votre pays :
je ne sais si c'est la raison qui fait que j'ai
pour tous les gens de sa nation une estime
dont je me sais bon gré, puisque les écossais,
en général , sont des gens pleins d'honneur ;

il n'est presque point de famille chez vous qui
ne puisse réclamer un des héros de notre histoire : vous y avez les Douglas, les Gordons,
les Campbels, les Hamiltons ; nous n'avons
pas en Angleterre assurément des familles
aussi anciennes. Est-il, d'ailleurs, un pays
où l'on reçoive une meilleure éducation que
dans le vôtre ? J'ai connu, il y a quelques
années, un clincaillier qui parloit aussi-bien
le grec et l'hébreu que sa langue naturelle.
J'ai eu, quant à moi, un valet écossais,
qui se nommoit Grégoire, à qui j'aurois
confié aveuglément, et sans compter, tous
les trésors du Pérou ».

Cet éloge de ma patrie me toucha si fort
le cœur, qu'en cet instant j'aurois donné
non-seulement tout mon argent, mais même
tout mon sang pour le panégyriste. Strap
étoit, de son côté, si fort ému, qu'il ne
put retenir ses larmes. Enfin, nous apper-
çumes, dans une rue fort étroite, un cabaret, dans lequel nous entrâmes ; nous y
vîmes un homme qui fumoit sa pipe. Notre
conducteur nous demanda si nous n'avions

jamais mangé des œufs au Slip (1) ; lui ayant
répondu que non , il dit qu'il vouloit nous
en régaler , et nous en fit préparer une
quarte : il nous fit en même temps apporter
des pipes et du tabac. Nous bûmes et nous
mangeâmes de fort bon appetit ; nous nous
amusâmes ensuite quelque temps à causer.
La conversation roula sur les piéges que l'on
tendoit aux jeunes gens sans expérience , et
aux étrangers qui arrivent dans Londres. Il
nous cita tous les différens tours que l'on
joue à ceux qui ne sont point sur leurs
gardes , et nous donna de si bons avis pour
nous en garantir, que nous bénîmes mille fois
le ciel de nous avoir fait rencontrer un si par-
fait honnête homme.

Après que nous eûmes bu et mangé suffisamment , nôtre bon ami se mit à bâiller ;
il nous dit qu'il avoit passé toute la nuit auprès d'un malade , et proposa de nous amu-

_____

(1) Le *slip* est une liqueur composée d'eau-
de-vie et de sucre , dans laquelle on fait
cuire des œufs : elle est fort commune en
Angleterre.

ser à quelque chose, pour l'empêcher de
s'endormir. « Si nous étions à quatre, dit-
il, nous ferions une partie de wisk (1) ;
mais malheureusement nous ne sommes que
trois, et c'est le seul jeu que je sache. Je
m'amuse rarement à jouer aux cartes, et
cela ne m'arrive que dans le temps où j'y
suis engagé par complaisance, ou pour m'empêcher de dormir, comme aujourd'hui ». Je
ne jouois pas mal à ce jeu du wisk ; Strap
s'en acquittoit assez bien de son côté ; c'est
pourquoi je ne pus m'empêcher de dire que
j'étois fâché qu'il n'y eût pas un quatrième.
L'homme que nous avions vu en entrant, au
coin du feu, nous dit que sa pipe étant
finie, il feroit, si nous voulions, notre partie, pourvu que nous ne jouassions pas
trop gros jeu. Nous acceptâmes sa proposition avec plaisir : nous tirâmes les cartes ;
il tomba mon associé. Nous jouâmes à trois
sous la partie : notre conducteur feignit de
s'ennuyer du jeu ; il étoit, disoit-il, en

_____

(1) C'est un jeu à-peu-près semblable au
quadrille.

guignon, et proposa, si nous voulions continuer de jouer, de changer d'associés, parce que Strap, disoit-il, n'avoit pas plus de bonheur que lui. J'acceptai la proposition d'autant plus volontiers, que les deux inconnus me paroissoient jouer assez négligemment, et sans y entendre finesse. Je leur gagnai encore quatre schelings en fort peu de temps, parce qu'à mesure qu'ils perdoient, ils doubloient le prix de la partie ; mais bientôt la fortune nous abandonna : nous perdîmes non-seulement tout notre gain, mais encore quarante schelings en sus ; sans nous appercevoir qu'on nous dupoit. Strap n'étoit point du tout content ; je ne l'étois pas d'avantage que lui. Nos deux fripons, affectant le désintéressement de deux bons joueurs, nous proposèrent de prendre notre revanche. Nous acceptâmes la proposition, et nous gagnâmes effectivement quelques schelings, puis après nous reperdîmes : nous nous rengageâmes de nouveau, et nous regagnâmes quelque chose ; Strap alors me conseilla de quitter le jeu ; mais l'un des joueurs s'emporta contre la fortune qui me

favorisoit. Vous avez , me disoit-il , plus de
bonheur que de science. Ce reproche me piqua : je lui proposai de tenter encore mon
savoir faire , et de faire de son mieux pour
me convaincre encore d'ignorance , protestant que je ne l'en croirois pas sur sa parole.
Il accepta le défi ; je me rengageai de plus
belle ; mais j'en fus bientôt puni ; en moins
d'une heure je perdis tout mon argent , sans
en être devenu plus sage ; car je priai Strap
de me prêter six sous , pour faire un dernier
effort : il eut la prudence de me refuser absolument. Cependant , celui des deux es-
crocs qui s'étoit introduit le dernier dans
notre compagnie , sortit avec mon argent ;
l'autre feignit de compâtir à ma peine , et
me tint ce discours. « Je prends infiniment
part à votre malheur , et j'y remédierois de
tout mon cœur , s'il étoit en mon pouvoir.
Pourquoi diantre aussi vous entêter de la
sorte? Lorsqu'un joueur gagne , il doit pous-
-ser sa chance aussi loin qu'elle peut aller ; mais
pour peu qu'elle lui tourne le dos , il ne doit
point s'obstiner contr'elle : vous êtes jeune ,
à votre âge on n'écoute que les passions ; mais

il

il faut apprendre à se modérer. Au reste, il n'y
a point de meilleur maître que l'expérience ;
celle que vous venez de faire , vous rendra
plus modérés l'un et l'autre. Mais pourtant
je ne sais si ce monsieur , qui vient de gagner votre argent , l'a gagné bien légitime-
ment : quoi ! vous ne vous êtes pas apperçu
des signes que je vous faisois de quitter le
jeu » ? Je répondis que non. « Comment
non , reprit-il , vous étiez donc terrible-
ment préoccupé ». Ce fripon, après ce beau
discours , eut encore l'impudence de venir
me demander à l'oreille , « si j'étois bien
convaincu de la probité du jeune homme qui
étoit avec moi ; qu'il lui avoit vu faire des
grimaces qui le lui rendoient suspect de mauvaise foi ». Je lui protestai que mon camarade étoit un fort honnête garçon , qu'il
n'avoit jamais mérité qu'on eût de pareils
soupçons sur son compte , et que les grimaces
qu'il lui avoit vu faire, provenoient au contraire
du chagrin qu'il avoit de me voir perdre.
« En ce cas-là , reprit notre homme , je lui
fais réparation ». Il demanda ensuite à l'hôte
combien nous avions pour notre dépense : le

cabaretier lui demanda dix-huit sous , qu'il
eut la générosité de payer à lui seul. Il nous
tendit la main , nous embrassa , et nous dit ,
en se retirant, qu'il ne manqueroit pas de
chercher les occasions de nous revoir.

CHAPITRE XV.

Réflexions de Strap sur l'indiscrétion
de Roderik. Il lui donne sa bourse.
Roderik se présente à M. Cringer,
qui le recommande à M. Staytape.
Un ami de Roderik l'instruit des
moyens de s'avancer dans le bureau
de la marine , et dans le collége
des chirurgiens. Strape trouve une
boutique.

Nous retournions au logis ; Strape mur-
muroit le long du chemin : « Nous voilà
dans de beaux draps , disoit-il ; Dieu nous
fasse la grace de sortir bientôt de cette ville
maudite ; il n'y a que quarante-huit heures
que nous y sommes , et nous avons éprouvé

quarante-huit mille aventures fâcheuses : on
nous a baffoués, vilipendés, insultés, cou-
verts de fange et submergés d'urine ; et,
pour comble de maux, on nous a gagné
notre argent : Dieu veuille qu'il ne nous en
coûte pas aussi nos oreilles. Quant à l'argent,
nous ne devons reprocher qu'à nous-mêmes
notre folie : on a bien raison de dire qu'une
once de prudence vaut mieux qu'une livre
d'or ». Strap prenoit mal son temps pour me
faire de pareilles remontrances ; j'étois extrêmement de mauvaise humeur, et je lui
en voulois personnellement, parce qu'il
m'avoit refusé quelqu'argent, avec lequel
j'étois persuadé que j'aurois réparé ma perte.
Je le regardai fièrement, et lui demandai ce
qu'il entendoit par ce terme de folie. Strap,
qui n'étoit pas accoutumé à me voir prendre
un ton si dur avec lui, resta tout interdit. Il
me regarda quelque temps, et m'assura, du
ton le plus affecueux, que ce qu'il disoit
ne regardoit que lui ; qu'il étoit trop touché
de ma peine pour vouloir l'augmenter par
des reproches ; mais, ajouta-t-il, *nemo om-*
nibus horis sapit. Strap se tut après cela : nous

arrivâmes au logis sans nous parler davantage. Je me mis au lit dans un accablement
affreux, avec la résolution de me laisser
mourir de faim, plutôt que de rien demander à mon camarade pour subsister.

Strap, qui connoissoit ma façon de penser, et qui étoit intimement touché de mon
malheur, après avoir gardé quelque temps le
silence, s'approcha de mon lit, fondant en
pleurs ; il me mit une bourse de cuir dans
la main. « Qu'avez-vous donc, dit-il, mon
cher Roderik ? pouvez-vous agir de la sorte
avec moi ? douteriez-vous de mon amitié ?
vous seriez bien injuste. Tenez, voilà tout
ce que je possède d'argent ; le ciel me fera
la grace de m'en faire gagner avant que celui-ci soit dépensé, sinon j'irai mendier pour
vous. Non, je ne vous quitterai jamais ; j'aimerois mieux mourir que de vous abandonner. Quoique je sois le fils d'un pauvre cordonnier, soyez persuadé que je n'en ai pas
le cœur moins bon qu'un autre ». Je fus si
touché des marques d'amitié du généreux
Strap, que je ne pus retenir mes larmes ; je
les confondis avec les siennes, en l'embras-

sant de tout mon cœur : je trouvai deux
demi-guinées dans sa bourse, avec une demi-
couronne, que je voulus lui rendre, lui disant qu'il en feroit un meilleur usage que
moi ; mais il les refusa absolument, parce
qu'il étoit, disoit-il, plus raisonnable et
plus décent qu'étant né ce que j'étois, je fisse
les honneurs de notre bourse, et que c'étoit
à lui de respecter mes goûts et ma volonté.

Je fis encore quelque instance pour engager Strap à reprendre son argent ; mais enfin
il me fallut céder à son amitié pressante.
Nous apprîmes à notre hôte ce qui nous étoit
arrivé, sans lui dire cependant combien nos
finances étoient diminuées. A peine eûmes-
nous achevé notre histoire, qu'il nous dit,
que les deux inconnus avec qui nous avions
joué, étoient deux filous, qui s'étoient associés pour nous duper ; que cet honnête
homme, dont nous vantions si fort la politesse et la probité, n'étoit autre qu'un misérable escroc, qui ne vivoit que par le talent honteux de duper les nouveaux débar-
qués ; qu'il les attiroit communément dans
des lieux où il étoit sûr de trouver quelqu'un

S 3

de ses pareils pour l'aider à les piller. Le bon homme nous raconta encore les histoires de nombre de personnes qui avoient été insultées et volées, et même tuées par de pareils scélérats. Je ne pouvois concevoir, quoique j'en fusse convaincu, la vérité de ce que disoit notre Mentor : eh quoi, disois-je, peut-on porter si loin la malice et la fourberie ! Strap, levant les yeux et les mains au ciel, pria Dieu de le préserver de pareilles embûches, ajoutant que le diable avoit sûrement élu son domicile à Londres. Notre hôte nous demanda ensuite quelle réception nous avions eue de M. Cringer. Nous l'informâmes de notre mauvais succès. Il nous dit qu'il n'en étoit pas étonné ; que nous nous y étions mal pris ; mais que, pour réussir mieux, il falloit nous comporter d'une autre façon. « Il n'y a rien à faire, poursuivit-il, chez un membre du parlement, sans effusion d'espèces ; les domestiques ont communément la maladie du maître ; ainsi, pour être introduit chez votre patron, ne manquez pas de donner un scheling au moins au portier, sans quoi vous ne parviendrez jamais à

remettre votre lettre ». Je suivis donc le lendemain cet avis ; dès que le portier m'eût
ouvert, je lui glissai un scheling dans la
main, en lui disant que j'avois une lettre
pour son maître. Le moyen me réussit ; il
prit ma lettre, me conduisit dans une anti-
chambre, dans laquelle il me dit d'attendre
la réponse. J'y restai trois quarts d'heure,
sans voir paroître personne. Pendant ce temps,
je vis entrer et sortir de l'appartement plusieurs jeunes gens qui avoient été mes camarades en Écosse : je leur tournois le dos,
pour que leur orgueil n'insultât pas à ma
misère. M. Cringer sortit enfin, pour recon-
duire un jeune homme parfaitement bien mis ;
je le reconnus, c'étoit Gawky : M. Cringer
lui tendoit affectueusement la main, et le
prioit de lui faire l'honneur de venir dîner
avec lui. Le magistrat, en rentrant, me
demanda ce que je voulois ? Je lui dis que
c'étoit moi qui lui avois apporté la lettre de
M. Crab ; il feignit d'avoir quelque peine à
se rappeler mon nom : je lui dis que je m'ap-
pelois Roderik Random. Ah ! oui, dit-il,
Roderik Random, je crois déjà avoir connu

quelqu'un de ce nom-là. Le bon M. Cringer
n'avoit pas tort, il avoit servi mon grand-père
dans sa jeunesse, en qualité de valet-de-
chambre. « Hé bien, mon enfant, me dit-il,
vous vous proposez donc d'aller sur un vaisseau de guerre, en qualité de garçon chirurgien ? Je répondis par une révérence très-
respectueuse. Cela ne sera pas aisé, continua M. Cringer; il y a tant de garçons qui
sollicitent au bureau de la marine, que les
les commissaires, pour n'être point obligés
d'enregistrer malgré eux, sont contraints
d'avoir une garde ; cette précaution leur est
nécessaire aussi pour se mettre à couvert du
ressentiment de tous ceux qui ne seront pas
admis. On va pourtant mettre quelques vais-
seaux en commission, nous verrons alors ce
que nous pourrons faire pour vous ». Cela
dit, il me tourna le dos, et rentra dans son
appartement. J'étois extrêmement piqué de
la distinction que, par sa façon d'agir,
cet impertinent parvenu mettoit entre Gawky
et moi, m'étant imaginé qu'il auroit saisi
avec empressement l'occasion de me prouver
sa reconnoissance des obligations qu'il avoit
à ma famille.

Lorsque je fus de retour au logis, j'appris avec un plaisir inexprimable, que Strap, par les soins du maître d'école, avoit trouvé une boutique dans le voisinage, et que son maître lui donnoit cinq schelings par semaine, outre le logement et la table. Je continuai pendant quinze jours de suite d'aller régulièrement tous les matins au lever de M. Cringer. Je fis connoissance chez lui avec un jeune homme de mon pays et de ma profession, qui le sollicitoit pour la même cause. Ce jeune homme étoit admis dans la seconde anti-chambre, où il y avoit toujours grand feu, et dans laquelle on n'introduisoit que ceux qui en imposoient par l'élégance de leur ajustement. Pour moi, on ne me permit jamais d'y pénétrer, sans doute à cause de la médiocrité du mien, qui à la vérité n'étoit nullement du bon air. J'étois donc obligé de me morfondre dans la première anti-chambre, en attendant M. Cringer, n'ayant pas d'autre moyen pour me réchauffer, que de me souffler dans les doigts. Un jour, que j'avois commencé à entretenir M. Cringer, on annonça la visite de M. Stay-

tape. Mon patron me quitta sur-le-champ
pour courir au-devant de lui, le salua profondément, et le prenant par la main,
l'appeloit son cher ami : il s'informa de la
santé de sa femme et de toute sa famille.
Après bien des marques de politesse et de
déférence réciproques, M. Cringer me présenta à ce monsieur, sur les avis et les services duquel il me dit que je pouvois compter ; m'ayant donné son adresse, il me dit
que je pouvois désormais me dispenser de
venir chez lui, puisque M Staytape feroit
mon affaire. Le jeune homme de mon pays
avec qui j'avois fait connoissance, sortit dans
cet instant, et me suivit dans la rue ; il
m'accosta poliment, ce qui me surprit beaucoup, et me fit concevoir de lui l'opinion la
plus favorable, mon ajustement n'allant
point de pair avec le sien : car il portoil un
surtout de drap bleu avec des boutons d'or ,
une veste de soie richement galonnée, une culotte de velours noir, des bas de soie blancs,
des boucles d'argent, un chapeau bordé
d'or, une belle perruque à l'anglaise, avec
une épée d'argent doré, et un jonc superbe

qu'il tenoit dans sa main gauche. « Je suis fâché, me dit-il , de vous voir tant de confiance en M. Cringer, et je veux vous donner des avis qui pourront vous être utiles , ayant été moi-même second chirurgien sur un vaisseau de soixante-dix pièces de canon ». Cet accueil m'inspira la plus grande confiance ; je fis part sur-le-champ à cet obligeant compatriote de mon projet et de mes espérances. Il haussa les épaules , et me dit que l'année précédente il avoit été dans le même cas que moi ; qu'il s'étoit long-temps reposé sur les promesses de M. Cringer; qu'en attendant leur exécution , il avoit eu tout le temps de manger son argent , et que quand il avoit écrit à ses parens pour en avoir d'autre , il en avoit reçu pour toute réponse des reproches et des menaces ; que pour réussir au bureau de la marine , il avoit fallu mettre quelques-unes de ses hardes en gage , au moyen de quoi on lui avoit prêté de quoi faire un présent au secrétaire du ministre, qui lui avoit expédié une commission sur-le-champ , quoique le matin du même jour il lui eût assuré qu'il n'y en avoit point

de vacante. Que par ce moyen , il avoit
monté pendant neuf mois un vaisseau qui
venoit d'être mis hors de commission , et
que le lendemain on en devoit payer tout
l'équipage à Broad-Street. Que ses parens ,
avec qui il s'étoit réconcilié depuis , exi-
geoient de lui qu'il rendît régulièrement ses
devoirs à M. Cringer , qui leur avoit écrit
que c'étoit par sa protection seule qu'il avoit
obtenu cet emploi ; que pour les satisfaire ,
il s'assujétissoit à rendre visite à ce prétendu
protecteur , quoiqu'il fût convaincu qu'il
n'étoit nullement en état de lui rendre service.

Mon compatriote me demanda ensuite si
j'avois subi mes examens au collège des chirurgiens ; je lui répondis que je ne savois
seulement pas que cela fût nécessaire. « Nécessaire , s'écria-t-il ! Hé bon Dieu , mon
cher , je vois bien qu'il faut que je vous en
instruise ; venez avec moi , je vous apprendrai tout ce qu'il faut faire ». Je le suivis , il
me mena dans un cabaret , fit apporter de la
bière , du pain et du fromage pour notre
déjeûner , et me dit ensuite qu'il falloit
d'abord me faire enregistrer au bureau de la
marine ,

marine, demander au commissaire une lettre
pour le collége des chirurgiens , pour m'y
faire examiner ; que les examinateurs ensuite
me donneroient une attestation pour la rap-
porter aux commissaires ; que le secrétaire
l'ouvriroit et me diroit le contenu , après
quoi je n'aurois plus qu'à solliciter pour être
employé le plutôt qu'il seroit póssible.

Il me dit encore que le prix de l'attestation
d'un second chirurgien de vaisseau du troisième
rang étoit de treize schelings , outre les droits
pour la place , qui étoient d'une guinée et
d'une demi-couronne , sans compter le présent qu'il falloit faire nécessairement au secrétaire , et qui ne pouvoit être au-dessous
de trois livres sterlings. Ce bordereau me
fit trembler ; tout mon argent consistoit en
douze schelings ; je le dis à mon nouvel
ami , il entra dans ma peine ; mais en même
temps il me dit de prendre courage , que la
tendre amitié qu'il avoit conçue pour moi ,
le déterminoit à tout faire pour m'obliger ;
que pour le présent il n'avoit pas le sou ,
mais que le lendemain matin il devoit recevoir une assez bonne somme , qui lui étoit

Tome I. T

due au bureau de la marine ; et qu'il m'en
prêteroit une partie pour me mettre en état
de réussir. Ce trait généreux me parut si
fort , que je crus devoir prévenir le bienfait
par les témoignages de ma reconnoissance ;
j'ouvris ma bourse , et le priai d'user du
peu d'argent qui me restoit , comme d'un
bien qui lui appartenoit. Mon généreux compatriote refusa d'abord : je le pressai de
nouveau , et par complaisance il voulut bien
me prendre cinq scheliugs , en me disant ,
qu'il les acceptoit pour ne point me désobli-
ger par un refus , ajoutant qu'il n'avoit qu'à
faire un pas pour en trouver , et que dans
tous les quartiers de la ville il connoissoit
des gens disposés à lui prêter ; mais qu'il
n'iroit point chez eux , pour ne pas avoir le
chagrin de me quitter , et qu'il vouloit avoir
le plaisir de passer la journée avec moi , afin
de me mettre en état , par ses conseils , de
me passer de M. Cringer, qui pouvoit beaucoup moins pour moi que le tailleur auquel
il m'avoit recommandé. Comment donc ,
m'écriai-je , avec surprise , ce M. Staytape
est un tailleur ! • Sans doute, me répondit-il, et

malgré la bassesse de son état, il peut mieux
vous servir que M. Cringer lui-même ; le
moyen de vous introduire chez lui, c'est de
lui parler de politique, de nouvelles et de
révolutions ; vous pouvez à ce prix gagner
si bien son cœur, qu'il ne vous refusera rien
à crédit, et vous fournira d'habits de quel-
que-qualité que vous les souhaitiez ». Je dis à
mon compatriote que j'ignorois absolument
tout cela, et que si quelque chose me piquoit, c'étoit de n'avoir pas prévenu le
compliment exclusif de M. Cringer, chez
qui je me promettois de ne jamais remettre
les pieds en quelque situation que je me
trouvasse. Le soir vint cependant, et il fallut me séparer de ma nouvelle connoissance ;
nous nous donnâmes rendez-vous le lendemain, et nous nous quittâmes après nous
être cordialement embrassés ; j'allai sur-le-
champ trouver Strap, je lui contai tout ce
qui m'etoit arrivé dans la journée. Il me
blâma très-fort d'avoir prêté mon argent à
un homme que je ne connoissois pas, ayant
été trompé déjà par des apparences encore

T 2

plus séduisantes. « Si cependant , ajouta-
t-il ; votre débiteur est écossais, nous n'avons
rien à craindre ».

CHAPITRE XVI.

*L'écossais manque à son rendez-vous.
Roderik est obligé d'aller seul au
bureau de la marine. Un postulant
le met au fait. On lui donne une
lettre pour le collége des chirurgiens.
Il rencontre son débiteur , qui lui
fait confidence de ses amours , et
veut l'engager à mettre son linge
en gage pour lui faire plaisir. Roderik le refuse. Judicieuses réflexions de Strap sur l'état militaire.*

L E lendemain matin , je me trouvai au
rendez-vous que j'avois avec le chirurgien
écossais ; j'attendis deux heures sans qu'il
parût ; j'étois extrêmement en colère, je me

mis à parcourir toute la ville , pour tâcher
de le rencontrer , et le punir de sa fourberie ;
j'arrivai par hasard au bureau de la marine.
Je vis une troupe de jeunes gens qui se pro-
menoient devant la porte , dont la plupart
n'étoient pas mieux équipés que moi , j'exa-
minois la physionomie de chacun d'eux ; il
y en eut un dont la figure m'inspira plus
de confiance que tout autre ; je m'approchai
de lui , et le priai de m'instruire dans quelle
forme on devoit dresser la requête pour la
présenter au bureau pour être renvoyé à
l'examen ; le candidat me répondit en pur
écossais , que je n'avois qu'à copier celle
qu'il avoit écrite lui - même , sous la dictée
d'un autre , qui en savoit parfaitement les
formalités. Il la tira de sa poche pour me
la faire lire , et me dit qu'il falloit que je la
présentasse au bureau avant midi , parce que
l'on ne faisoit aucunes expéditions passé
cette heure. Il vint donc avec moi dans un
café voisin , où j'écrivis ma requête , et la
remis , conjointement avec lui , à un commis ,
qui nous dit de revenir chercher nos ordres
le lendemain à la même heure. Cette affaire

faite, je commençai à concevoir quelques ès-
pérances favorables , ce qui calma une partie
de mes inquiétudes : j'étois pénétré de reconnoissance des politesses que j'avois reçues du
jeune écossais à qui je m'étois adressé ; je
résolus de me lier plus particulièrement avec
lui ; bien disposé cependant à me tenir si
bien sur mes gardes, que je n'en fusse point
la dupe , sur-tout quant à la bourse ; les
deux épreuves que j'avois faites m'avoient
enfin rendu défiant , celle sur-tout du chirurgien petit-maître me revenoit dans l'esprit ; j'engageai le jeune écossais à venir
dîner avec moi dans mon auberge : il me fit
passer en y allant par un jeu de boule , je
m'y arrêtai pendant quelque temps pour
voir si je n'y verrois point venir mon escroc ,
mais il ne parut point. Comme mon auberge
étoit à l'autre bout de la ville , j'eus le
temps de compter , chemin faisant , au jeune
écossais , le tour qu'il m'avoit joué. Il me
dit qu'il le connoissoit parfaitement , qu'il se
nommoit Jackson , que c'étoit au moins le
nom qu'il avoit pris au bureau de la marine,
qu'il avoit la réputation d'un patelin des
plus raffinés , qu'il empruntoit sans scrupule

de l'argent à toutes mains , qu'il n'étoit jamais en état de rendre , n'en ayant jamais
assez pour ses plaisirs ; qu'au reste , quelques personnes qui le connoissoient à fond ,
lui avoient dit qu'il avoit beaucoup d'esprit
et de capacité ; et le cœur même assez bon ,
mais qu'il étoit extrêmement fourbe et ma-
dré. Ce portrait me fit craindre pour ma
dette , que je me promettois cependant bien
de recouvrer , si je retrouvois mon débiteur.

Le jeune chirurgien me dit encore , que
Jackson ayant tout dissipé , et n'ayant aucune ressource pour s'équiper des choses nécessaires à son emploi sur mer , avoit été
obligé de traiter avec un usurier , qui lui
avoit fait signer un testament , ou contrat
d'abandonnement , par lequel il donnoit à
cet usurier une hypothèque formelle sur sa
paye , qu'il toucheroit à sa place dès qu'elle
seroit échue , ainsi que de tous ses effets ,
dont il le faisoit héritier en cas de mort , et
que ce charitable juif lui avoit envoyé quelques petits secours d'argent sur ces deux
pièces de précaution , à raison de cinquante
pour cent d'intérêt ; que pour le présent il

étoit presque obligé de vivre d'intrigue , ses
fonds ne suffisant pas actuellement pour acquitter l'intérêt des emprunts qu'il avoit
déjà faits. Tom-som , après cet entretien
sur Jackson , me parla de ce qui le regardoit ; il me dit que depuis quatre mois ou
environ on l'avoit jugé capable d'occuper
une place de second garçon chirurgien d'un
vaisseau du troisième rang ; que pendant
tout ce temps il avoit été ballotté d'un protecteur à l'autre , et que malgré les promesses d'un membre du parlement d'Ecosse ,
et d'un commissaire de la marine, il avoit eu
la mortification de voir passer avant lui cinq
ou six personnes postérieures en date ; que
n'ayant presque plus d'argent , il ne fondoit
son espoir que sur le secours d'un ami qui
devoit arriver incessamment à Londres , et
duquel il comptoit recevoir quelqu'argent
pour en faire présent au secrétaire du ministre ; et qu'il étoit convaincu que sans
cette formalité préalable , il solliciteroit en
vain cent ans pour être employé. La conformité de notre situation m'intéressoit pour
Tom-som (c'est le nom du jeune écossais) ;

il m'avoit inspiré une sincère amitié. Nous passâmes la journée ensemble, nous vécûmes à mon auberge, et je l'engageai à venir coucher avec moi. Nous retournâmes le lendemain ensemble au bureau de la marine ; nous parûmes devant le secrétaire, qui enregistra mon nom, le lieu de ma naissance, et celui de l'université dans laquelle j'avois étudié. Il me donna ensuite une lettre pour la remettre aux chirurgiens examinateurs. Je payai de droit une demi-couronne entre les mains du commis qui me la délivra ; je lui donnai aussi un scheling pour frais d'enregistrement. Tout mon avoir se trouva réduit pour lors à deux schelings. Loin d'être en état de payer les droits de l'examen au collége des chirurgiens, il ne m'en restoit pas assez pour subsister une semaine. Dans cette perplexité, j'allai confier ma triste situation au généreux Strap, qui me pria de ne m'inquiéter de rien, et m'assura qu'il mettroit plutôt ses rasoirs en gage que de me laisser manquer de la moindre chose. J'étois pénétré de plus en plus des marques d'amitié de mon officieux camarade ;

je lui dis que je ne voulois pas abuser de ses
bontés , et que , puisque je ne pouvois pas
espérer de me faire un sort plus avantageux,
j'étois déterminé à me faire soldat. Strap
frémit à ce mot, et devint pâle comme la
mort ; il m'embrassa tendrement , se jeta à
mes genoux , et me pria , les larmes aux
yeux , de renoncer à ce projet. « Y pensez-
vous , me dit-il , mon cher ami ? Songez
donc que nous allons avoir la guerre , et
que peut-être on vous enverra servir contre
les Français , qui vous tueront comme un
lapin ; que le ciel nous préserve toute notre
vie de salpêtre et de plomb , et nous fasse
la grâce de mourir dans notre lit en bons
chrétiens , comme ont fait mon père et mon
grand-père ; je n'ai point de goût pour les
morts subites. Toute la gloire du monde ne
vaut pas pour moi la perte d'un petit doigt ;
je veux avoir le temps de faire mon acte de
contrition , sans aller comme un fou m'exposer à périr d'un coup de mousquet à la fleur
de mon âge , et dans le temps que j'y pen-
serois le moins. Croyez-vous que ce parti
puisse faire votre fortune ? et quand cela

seroit, mon cher ami, ne seroit-elle pas
achetée trop cher, par les dangers auxquels
vous seriez exposé. Les richesses ont des
aîlés, dit le sage, elles se dissipent. Rappe-
lez-vous ce que dit Horace à ce sujet :

Non domus, aut fundus; non œvis acervus et
    auri.

Ægroto Domini deduxit corpore febrim,
Non animo curas.

« Combien n'aurois-je pas à vous citer d'auteurs, pour vous prouver que vous auriez
tort de prendre ce parti; mais ce n'est pas
la peine. J'ai pourtant à vous dire que si vous
vous faites soldat, je ferai la même sottise ;
que si nous sommes tués, vous répondrez
de ma mort devant Dieu, aussi-bien que de
la vôtre; et peut-être de celle de tous les
malheureux que nous tuerons dans une bataille. Ainsi, contentez-vous des secours que
je vous offre, en attendant ceux de la providence, sinon vous me verrez suivre votre
désespoir, et plonger avec vous mon ame et
mon corps dans une perdition éternelle, dont
je prie Dieu cependant de nous préserver ».

Quoique je fusse pénétré de ce discours, je
ne pus m'empêcher de rire du ton avec lequel le pauvre Strap me haranguoit : je lui
promis de ne rien faire sans le consulter et
sans son aveu. Ma promesse le consola ; il
me dit que dans deux jours il me remettroit
ses gages de la semaine. Il me conseilla en
même temps de faire en sorte de rencontrer
Jackson ; et de le forcer à me rendre ce que
je lui avois prêté. Je courus la ville pendant
plusieurs jours dans cette intention, sans
pouvoir rien apprendre de certain à son sujet ; mais un jour, qu'après avoir bien
couru, un extrême appétit me fit descendre
dans une gargotte souterraine, comme à
mon ordinaire, je fus fort étonné d'y trouver Jackson, qui dînoit tête-à-tête avec un
valet-de-pied. Dès qu'il me vit, il se leva,
me prit par la main, et me dit qu'il étoit
ravi de me voir, parce qu'il avoit intention
de me rendre visite l'après-midi. J'étois
charmé de cette rencontre, et la manière
persuasive dont il s'excusa, triompha de
mon ressentiment. Je m'assis pour dîner,
et je me flattai, que non-seulement Jackson
me

me rendroit ce qu'il me devoit avant que
nous nous séparassions, mais encore qu'il
me prêteroit l'argent nécessaire pour subvenir aux frais de mon examen. Je dinai de
fort bon appétit auprès de lui, il paya mon
écot, prit ensuite congé du valet-de-pied,
et sortit avec moi. Nous entrâmes ensemble
dans un cabaret à bière ; nous fîmes apporter un demi-pot, et nous liâmes conversation. « Vous me regardez sans doute, me
dit-il, M. Random, comme un homme
sans parole, j'avoue que les apparences sont
contre moi ; mais je suis certain que vous
changerez d'opinion, quand vous saurez le
motif qui m'a empêché de la tenir. A peine
vous eus-je quitté, que je reçus un billet
d'une dame qui . . . . . on peut se confier
à vous sans courir aucun risque ? Apprenez
donc un secret qui va vous étonner ; je
suis sur le point d'épouser une dame riche
de vingt mille livres sterlings, outre ses espérances ; je vous avoue que le penchant de
cette femme pour moi me paroit bien singulier : je ne sais pas où diable elle est allée
se persuader que je suis aimable : au reste,

Tome I.   **V**

les femmes ont des caprices , mais les gens
sensés savent en profiter. Vous avez bien vu
ce valet-de-pied qui dînoit avec nous , c'est
un de ces honnêtes jeunes gens , qui portent
la livrée pour leur plaisir , et pour passer
le temps ; c'est par son moyen que j'ai été
introduit chez la dame en question : ils ont
tous deux eu de mon argent ; mais je ne
dois pas regretter ma dépense , elle m'a ,
Dieu merci , bien profité : maintenant ,
je. . . . . reculons-nous un peu ; de peur
qu'on ne nous écoute. . . . . Je lui ai proposé de m'épouser , elle y consent , et le
jour est fixé. C'est une femme charmante ,
elle écrit comme un ange : elle a autant de
mémoire que de talens , et sait par cœur
toutes les tragédies anglaises , qu'elle ré-
cite aussi bien que les meilleures actrices
de Drury-lane. Elle aime passionnément les
spectacles ; de façon que , pour être plus
près du théâtre , elle a pris son logement
dans la place. Vous allez juger de son esprit
par cette lettre que j'ai reçue d'elle ». Jackson
me présenta alors une missive dont la sus-
cription étoit :

Au mortel le plus digne de mon cœur.

« Je ne pense plus qu'à vous, mon cher Jackson ; vous êtes l'unique objet qui m'occupe : mon cœur palpite, un doux frémissement le saisit à votre souvenir : lorsque Morphée, profitant des ombres de la nuit, répand ses heureux pavots sur les yeux fatigués de l'univers ; quand le blond Phébus, sortant du sein de Thétis, et suivant les pas de la vigilante Aurore, sur son char tout éclatant, vient rendre la lumière au monde, je vois toujours l'aimable, le spirituel, le galant, le brave, le généreux Jackson. Que je soupire ardemment après notre hyménée ! les jours sont pour moi des années, et les semaines des siècles. Dieu d'amour ! non, tu n'auras plus de charmes pour moi, tant que l'unique objet de mes vœux ne viendra point jouir de tes douceurs dans les bras de sa fidelle

CLAYRENDER ».

Je lisois cette lettre à demi-voix, Jackson

s'extasioit à chaque mot , il frottoit ses
mains , et paroissoit animé de la joie la plus
vive. « Eh bien , mon cher , me dit il , en
me claquant dans la main , voilà du style
que cela ! que pensez-vous de ce poulet » ?
Je lui répondis qu'il étoit si merveilleux, que
je n'y avois rien compris , si ce n'étoit la
dernière phrase , qui m'avoit paru peu scrupuleuse. « Bon , bon , me dit-il , vous n'y
pensez pas , cette lettre est aussi tendre que
sublime ; en vérité cette femme a bien de
l'esprit! il faut l'avouer , c'est une créature
divine , elle m'enchante ; mais ce qu'il y
a de mieux , c'est qu'elle m'aime. . . . mais
à l'adoration . . . . Voyons maintenant que
je me consulte sur l'usage que je ferai de
son bien ; d'abord je veux vous. . . . . mais
non , je ne veux rien vous promettre ; car
vous ne m'en croiriez point ; je vous ai
déjà manqué de parole , les effets parleront.
Me conseillez-vous, continua Jackson, d'acheter quelque charge , ou d'employer mon
argent en biens-fonds , comme des terres ,
que j'irois faire valoir moi-même , en me
retirant pour toujours à la campagne » ? Je

lui répondis qu'ayant couru le monde comme
il avoit déjà fait, il ne pouvoit prendre un
parti plus sage : je m'étendis sur les agrémens
de la vie champêtre ; je lui citai tous les
poëtes grecs, latins et anglais qui en avoient
parlé. Il parut se rendre à mon avis, et me
dit que, quoiqu'il eût vu une grande partie
de l'univers, tant par mer que par terre,
ayant croisé pendant trois mois dans la
Manche, il ne seroit pas content qu'il n'eût
fait le voyage de France ; qu'il comptoit
y mener sa femme avec lui, avant que de
prendre le parti que je lui conseillois. J'ap-
prouvai son projet ; jo lui demandai s'il
comptoit que ce mariage dût se terminer
bientôt. « Il se feroit dès demain, me dit-
il, s'il ne me manquoit quelqu'argent dont
j'ai besoin pour plusieurs emplettes, et pour
les frais de certaines formalités préliminaires.
Un de mes amis, sur lequel je comptois
beaucoup, est malheureusement absent depuis trois semaines, et ne sera à Londres
que dans huit jours ; j'ai manqué l'instant
de ma paie à Broad-Streed, pour m'être
amusé une demi-heure de trop chez ma

prétendue ; mais il y aura un paiement à
Chatam la semaine prochaine , où l'on doit
envoyer les comptes du vaisseau : j'y ai
chargé un ami de ma quittance , qui voudra
bien recevoir pour moi. „ Eh bien , lui dis-
je , consolez-vous ; votre mariage n'étant re-
tardé que de huit jours, ce n'est pas un grand
malheur. „ Si fait vraiment , me dit-il ; j'ai
nombre de rivaux , qui tireront avantage
contre moi de ce retardement : il n'est pas
décent que j'avoue que c'est faute d'argent
que je ne conclus point cette affaire ; et si
je ne l'avoue point, on m'accusera de froideur et d'indifférence , ce qui seroit encore
pis. „ Je convins avec Jackson qu'il avoit raison , et lui demandai comment il comptoit
se tirer d'affaire. „ Ma foi , dit-il , en se
frottant le front , je n'en sais trop rien ; je
voudrois trouver quelqu'ami qui me rendît
service. Ne connoîtriez-vous personne qui
soit en état de me prêter de l'argent pour un
jour ou deux ? Je l'assurai que je ne connoissois personne à Londres , et que je n'y trou-
verois pas une guinée de crédit, même quand
ma vie en dépendroit. „ Cela est triste , re-

prit Jackson, je voudrois avoir quelque chose
à mettre en gage : mais , diantre , vous avez-
là de beau linge ; (il touchoit alors mes manchettes) combien avez-vous de chemises de
cette espèce ? « Je lui répondis que j'en avois
six garnies , et six qui ne l'étoient point.
« Mais vous n'y pensez pas , me dit-il d'un
air étonné , à quoi bon tant de chemises ;
le plus riche des chirurgiens de cette ville
n'en a que quatre ; pour moi , je n'en ai que
deux , que je porte alternativement. Il ne
tient qu'à vous d'avoir de l'argent sans vous
incommoder : défaites-vous de votre superflu :
autant que je puis m'y connoître , chacune
de ces chemises vaut dix - huit schelings
comme un denier ; mettez-les en gage pour
la moitié du prix ; huit fois huit font soixante-
quatre ; c'est-à-dire trois livres sterlings
quatre schelings ». Je n'entrai point dans
l'examen du calcul de mon homme , qui ,
malgré tous ses discours, n'eut pas , pour
cette fois, le talent de me séduire. « Doucement , doucement, lui dis-je, M. Jackson ;
ne disposez pas , s'il vous plaît ; de mon
linge sans mon aveu ; payez-moi d'abord la

demi-couronne que vous me devez, et nous
parlerons après cela d'autres choses ». Il me
protesta qu'il n'avoit pas plus d'un scheling
dans sa poche, mais que, si je voulois mettre
mes chemises en gage pour lui, il commen-
ceroit par me payer ce qu'il me devoit :
cette proposition impertinente m'échauffa ;
je lui dis résolument qu'il falloit me payer,
et que je ne le quitterois point que cela ne
fût fait ; que, quant à mes chemises, je
n'en mettrois pas une en gage pour le tirer
du gibet. Jackson prit la chose en riant, ensuite il me dit, d'un ton séducteur, qu'il
étoit bien dur pour lui que son meilleur
ami lui refusât une bagatelle qui le mettroit
en état de faire sa fortune et la sienne.
Comment ne rougissez-vous pas, poursuivis-
je, de me proposer de mettre mes chemises
en gage ? Que n'y mettez-vous vous - même
votre épée ; il n'est pas douteux que vous
en auriez davantage ». « Y pensez-vous,
me dit-il ? Pourrois-je ensuite paroître dé-
cemment sans épée ? Sans cela, croyez-vous
que j'eusse balancé à le faire » ? Jackson ne
gagna rien ; je ne fus point touché de son

scrupule , et je m'obstinai à garder mon
linge ; et mon homme , déterminé par mon
conseil, me mit son épée entre les mains ; et
me montrant une maison dont l'enseigne
étoit aux Trois Renards , il me pria de l'y
porter sans le nommer. Je voulus bien lui
rendre ce service ; j'entrai dans la boutique
de l'usurier ; je lui demandai deux guinées
à emprunter , qui lui seroient rendues dans
un temps prescrit par celui à qui elle appartenoit , et qui se nommoit Thomas Wil-
liams. « Deux guinées ! s'écria l'usurier, en
regardant l'épée. Ho ! je la reconnois ; elle
a été ici dix fois pour trente schelings.
Comme je crois que la personne à qui elle
appartient la retirera dans peu , je veux bien
lui prêter les deux guinées ». Il me les donna en effet , et je les portai sur-le-champ au
cabaret où j'avois laissé Jackson : je lui
comptai trente-sept schelings , et je retins
les cinq qu'il me devoit. Il compta son argent. « Comment, me dit-il , est - ce que
l'on ne vous a pas donné votre compte ?....
Ah ! je n'y pensois pas. Vous avez retenu les
cinq schelings que je vous dois. Vous m'au-

riez fait plus de plaisir de prendre la guinée
toute entière ; car , dès que j'entame une
pièce , je ne sais ce qu'elle devient ». Je le
remerciai , en lui disant qu'il me suffisoit de
ce qui m'étoit dû , et que je ne voulois pas
lui rien devoir , parce que je ne savois comment m'acquitter. « Que de façons , me
dit-il ; doit-on en agir de la sorte entre
amis ? Est-ce que , lorsqu'on est dans le
besoin , on doit se faire un scrupule d'emprunter ? On restitue quand on est en état
de le faire Allons , allons, rendez-moi vos
cinq schelings , et acceptez cette demi-gui-
née que je vous offre , et vous me la rendrez
quand vous pourrez ; point de scrupule , je
ne vous en parlerai jamais ». J'hésitois à
accepter cette offre généreuse , qui , dans
Jackson , partoit moins de l'envie d'obliger
que de celle de dépenser de l'argent. Je me
rendis enfin , en l'assurant de la plus parfaite reconnoissance. Il voulut me mener au
spectacle , après quoi nous nous séparâmes :
je retournai chez moi avec une bien meilleure opinion sur le compte de ce jeune
homme que je n'avois le matin. Je racontai

mon aventure à Strap, qui m'en félicita.
« Je vous l'avois bien dit, me dit-il, que,
si c'étoit un écossais, nous n'avions rien à
craindre. Qui sait si le mariage ne peut pas
nous faire notre fortune à tous ? Vous avez
sans doute entendu compter l'histoire d'un
jeune homme du pays, qui, quoique garçon
boulanger, n'a pas laissé de faire en cette
ville une fortune considérable par un mariage
de cette espèce. Il va, dit-on, dans un beau
et bon carrosse ; mais moi qui vous parle,...
oh ! je ne veux rien dire, sinon qu'hier
matin, étant à raser un monsieur chez lui,
j'ai vu une jeune demoiselle extrêmement
jolie, qui a décoché tant d'œillades à quelqu'un que je ne nommerai pas..... mon
cœur en a été tellement ému.... mais tellement, que la main m'en trembloit ; aussi,
j'ai eu le malheur d'entamer le nez du monsieur que je rasois ; ce qui l'a mis dans une
si grande colère contre moi, qu'il a voulu
me donner des coups de canne ; mais cette
aimable demoiselle l'a appaisé. *Omen haud*
malum ? Est-ce qu'un garçon perruquier ne
vaut pas bien un garçon boulanger ? Je

soutiens, moi, qu'il est infiniment au-dessus. Le boulanger use de farine pour le ventre, mais le perruquier pour la tête, *atqui la tête est plus noble que le ventre, ergo,* le perruquier est plus noble que le boulanger. Qu'est-ce en effet que le ventre sans la tête : on m'a dit, outre cela, que ce fortuné mitron ne savoit ni lire ni écrire ; vous savez que je sais tous les deux, et qu'outre cela je sais le latin. J'ai donc tout lieu d'espérer que.... mais je me tais ; car vous vous imagineriez que j'ai de la vanité, et je vous réponds du contraire ; l'orgueil me déplaît à la mort, je ne sache rien de plus présomptueux. Strap, en disant cela, tira de sa poche un petit bout de chandelle, avec lequel il redressoit son toupet sur celui de sa perruque. Je ne m'étois pas encore apperçu du soin qu'il commençoit à prendre de son ajustement et de sa figure. Je le parcourois des yeux, et l'en félicitai par un sourire malin, qu'il entendit à merveille. Vous ne me croyez pas, me dit-il ; mais vous verrez quelque jour..... vous verrez....

Fin du Tome premier.

TABLE

TABLE

Des Chapitres contenus dans ce premier volume.

CHAPITRE PREMIER.

Fin de la Table du premier Volume.